# Die unfasslichen Abenteuer des Freiherrn von Münchhausen

Ein Erzählspiel der neuen Art
von Hieronymus Karl Friedrich Freiherr von Münchhausen

Niedergeschrieben und bearbeitet von James Wallis, einem wirklichen Gentleman
Mit der freundlichen Unterstützung der Herren Derek Pearcy und Michael Cule
Übersetzt von Ralf Sandfuchs, einem Mann von wahrhaft edler Gesinnung

Titel der Originalausgabe:

*The Extraordinary Adventures of Baron Munchausen*

erschienen bei Hogshead Publishing Ltd., London


**Erweiterte deutsche Erstauflage**

# KRIMSKRAMS
# KISTE

**Herstellung: Books on Demand GmbH**

Umschlagillustration: Andrea Boekhoff

Umschlaggestaltung: SeBiG@DasVisionomicon

Satz: Dr.Marcus Wevers


ISBN 3-932932-03-X


http://www.krimsu.de

info@krimsu.de

Die Berichte über das Leben und Wirken des Autors
wurden in tiefer Bewunderung niedergeschrieben von Ralf Sandfuchs,
mit der freundlichen Unterstützung der ehrenwerten Dame Yvonne Müller-Iglisch


Von Könnerhand illustriert
durch Monsieur Gustav Doré und Mister George Cruikshank


Titelbild gemalt
von der zarten Hand Andrea Boekhoffs


In der deutschen Version im modernen Stile aufbereitet
von Herrn Dr. Marcus Wevers


Moralische Unterstützung bei der Niederschrift
durch Miss Kate Berridge


Moralische Unterstützung des Übersetzers
durch seine geliebte Gattin Gabi Sandfuchs


Der tief verbundene Dank des Autors geht an die Herren
Philip Masters, Steffan O'Sullivan, Reverend Garett Lepper, Kenneth Walton
und Christopher Hartford für ihre unschätzbaren Ratschläge.


Bei der Übertragung in die deutsche Sprache halfen
die Herren Uwe Lerch und Mark Sienholz
und die Dame Brigitte Hirtz-Breitmar
beim Finden der richtigen Worte.

Der Öffentlichkeit nahegebracht durch
Krimsus Krimskrams-Kiste.

In Lizenz von Hogshead Publishing, Limited.

KRIMSKRAMS
KISTE

**Anmerkung:** Die Worte „er", „ihn" und „sein" werden in diesem ganzen Werk als einheitliche Pronomen zur Identifizierung der dritten Person Singular benutzt. Durch diese Wortwahl möchte der Autor, ein Mann von großer Galanterie und Lebensart, jedoch keineswegs andeuten, dass Mitglieder des schöneren Geschlechts nicht ebenso erstaunliche Abenteuer erleben könnten wie ihre männlichen Gegenstücke – trotz ihrer größeren Zerbrechlichkeit, ihres Mangels an wertvoller Ausbildung, ihrer Neigung zu ständigem Kichern und ihrem unbezähmbaren Hang zu häufigen Ohnmachten. Desgleichen hält er natürlich nichts von der lästerlichen Ansicht mancher wenig galanter Männer, dass Kleider aus Brüsseler Spitze und ein alabasternes Dekolleté ihnen im Wege stünden, wollten sie sich als Schellfisch verkleiden, um sich der Spionage gegen die Franzosen zu verschreiben. Auch sind ihre grandiosen Fertigkeiten in den Bereichen Sticken und Haushaltsführung sicherlich unbedingt notwendige Grundlagen, wenn es darum geht, die Kaiserin von Russland zu verführen. Um es kurz zu machen, er ist sich sicher, dass Frauen in vielerlei Hinsicht ebenso tapfer, fähig und faszinierend sein können wie Männer, und unter gewissen Umständen sogar noch mehr als das. Gott segne ihre liebreizenden Herzen.

**Weitere Anmerkung:** Wir entschuldigen uns für die unsägliche Unart mancher Menschen, die einen Freiherren ungerechtfertigterweise mit dem Titel eines Barons versehen (und dieses vielleicht gar zum Unwort „Lügenbaron" verballhornen). Wir möchten im Namen des ehrenwerten Autors unserer Hoffnung Ausdruck verleihen, dass uns dieses Missgeschick im Laufe der folgenden Seiten nicht passiert, auf dass uns nicht der wohlverdiente Zorn der Edlen dieses Landes trifft.

# Die Kapitel dieses Buches

# Vorwort

Der Name des Freiherrn von Münchhausen bedarf wohl bei keinem Menschen, egal welcher gesellschaftlichen Schicht er entstammen mag, noch einer besonderen Vorstellung: sowohl England als auch Deutschland – ach, wohl eher schon die ganze Welt – hallte wieder von den Erzählungen und Nacherzählungen seiner Abenteuer und heroischen Taten. Einige sehen seine Geschichten als Übertreibung oder Prahlerei an, andere sehen in ihnen Fabeln oder Metaphern, aber es gibt auch immer noch manche, die davon überzeugt sind, dass sie nicht weniger als die unausgeschmückte Wahrheit berichten, und ich selbst zähle mich zu dieser letzten Gruppe.

Ich hatte das große Glück, den Freiherren einige Jahre vor seinem allzu frühen Tod zu treffen, und zwar im Hafen von Dover. Er war, so berichtete er, soeben auf dem Rücken eines Seepferdes von Frankreich herübergekommen, um seine Lordschaft, den Herzog von Kensington, zu besuchen, den er einige Jahre zuvor vor einem plötzlichen Tod auf dem Rand des Vulkans Ätna gerettet hatte. Dies geschah während des Feldzugs gegen die Feuergeister, die in den letzten Jahren so große Teile Italiens verwüstet hatten (der Freiherr versicherte mir sogar, dass es diese Geister waren, und nicht etwa irgendwelche völkerwandernden Barbarenhorden, die den Untergang des römischen Reiches verursacht hatten). Er bekannte seine große Liebe zu unserer Hauptstadt und berichtete mir von einem unglückseligen Missgeschick, das dazu geführt hatte, dass seine Finanzmittel nahezu erschöpft waren.

Und so schlug ich ihm vor, dass er nach dem Besuch bei seinem Freund doch einige Tage in London verbringen sollte, wo mein Bruder und ich ihm gerne jede Gastfreundschaft erweisen würden.

Eigentlich war es der Plan des Freiherrn gewesen, von Lord Kensingtons Gut aus nach Schottland zu reisen, wo er eine Schar goldener Adler hatte zähmen wollen, um mit ihnen zur Sonne zu fliegen und sie seinem Freund, dem dortigen Herrscher, als Geschenk zu überreichen. Er beschloss jedoch, dies noch eine Weile aufzuschieben, und folgte unserer Einladung, uns mit seiner Gegenwart zu beehren.

Um sich die Zeit in London in angemessener Weise zu vertreiben, willigte er außerdem ein, ein Spiel gänzlich neuer Art für uns zu schreiben, basierend auf seinen berühmten Reisen und Abenteuern. Und so begannen wir während seines Aufenthaltes damit, uns an der Erschaffung eines Spieles zu versuchen, das eines großen Erzählers und Abenteuers wie des Freiherren von Münchhausen würdig sein sollte.

Nun, vermutlich waren die folgenden Ereignisse meine eigene Schuld. Vielleicht lag es an meinem Übereifer beim Gedanken daran, die Ideen eines so erhabenen und weitgereisten *Edelmanns veröffentlichen zu dürfen. Oder vielleicht war es ein Fehler, ihn der alleinigen Obhut meines Sohnes Edward zu überantworten, der in der letzten Zeit zuviel Zeit damit verbracht hatte, verrauchte Schenken und andere Etablissements üblen Rufes zu besuchen, wobei er sich in die unvorteilhafte Gesellschaft der jungen, aufmüpfigen Emporkömmlinge unter den Spieleerfindern aus unseren ehemaligen amerikanischen Kolonien begab. Wo auch immer die Ursache jedoch lag und welchen misslichen Umständen man auch die entstehenden Probleme anlasten konnte, das Manuskript, das die beiden ablieferten, zeigte, wie ich kurz nach der Abreise des Freiherrn erfuhr, allzu viel von seiner Lebensart als Geschichtenerzähler und Lebemann und allzu wenig von der Strenge und Klarheit, die allen großen Spielen innewohnt, wie auch Edward sie entwickeln kann, wenn er nicht unter dem Einfluss von Ausländern oder anderen unerwünschten Personen steht (ich empfehle allen Zweiflern sein Spiel* **Ein arithmetischer Zeitvertreib**, *das noch dieses Jahr erscheinen wird, als gutes Beispiel seiner Arbeit; glaubt mir, er ist kein schlechter Junge). Ein so radikales Spiel würde, dessen war ich mir sicher, im London des achtzehnten Jahrhunderts keinen Erfolg haben, ebenso wenig im neunzehnten Jahrhundert.*

*Darum werde ich dieses wertvolle – und, das sollte ich hinzufügen, teure, denn der Baron ist ein Mann, der das Leben auf großem Fuß gewohnt ist und den es nach den feinsten Weinen und Likören verlangt, die man nun nicht mehr in meinem Keller finden wird – Manuskript zusammen mit diesem Brief an einem Ort verbergen, wo es einer meiner Nachfahren finden und vielleicht auch veröffentlichen mag, sollte sich der Geschmack der spielenden Öffentlichkeit weit genug verändert haben, dass auch ein solches Spiel sein Publikum finden kann. Denn meiner Treu, außerordentlich ist es, und es sollte den Ruhm erlangen, den es verdient.*

*John Wallis, Herausgeber von Spielen in guter Qualität*
*No. 42 Skinner Street, Snow Hill, London*
*Im Jahre des Herren 1798.*

Wie er schon sagte.

*James Wallis, Vorsitzender von Hogshead Publishing Ltd,*
*Juni 1998*

# Vorwort des Übersetzers

Voller Entsetzen mussten wir vor einigen Jahren erfahren, dass im fernen England ein Werk aufgetaucht war, das den Ruhm des wohl größten Geschichtenerzählers aller Zeiten (natürlich ein Deutscher, was sonst?) auch in die heutige Zeit tragen würde. Doch die tückische Barriere der fremden Sprache der Inseln enthielt dem heimischen Volk diese Perle des Fabulierens vor.

Dieser Zustand erschien uns unhaltbar, und so stürzten wir uns in das waghalsige Vorhaben, in einem fremdartigen Land mit bizarrer Kultur nach dem Meisterwerk des Hieronymus Karl Friedrich Freiherr von Münchhausen zu suchen und sein Geheimnis den Nachfahren der Angeln und Sachsen zu entreißen.

Heute, mehrere Jahre nach dem Fassen dieses hehren Entschlusses, um so manche Erfahrung reicher und um so manchen Silberling ärmer, nach dem verzweifelten Kampf gegen die bizarren Konstrukte einer fremden Sprache, können wir mit Freude und Stolz verkünden, dass wir das Elaborat des großen Erzählers endlich in der Sprache präsentieren können, in der es schon immer hätte vorliegen müssen.

Doch wir wollen nicht undankbar sein, denn wir haben in dieser Zeit viele Helfer im fremden Land gefunden und manches Band der Freundschaft geknüpft. Und vor allem sollten wir froh sein, dass wir uns bei unserer Suche wenigstens nicht in das Land der Franzosen begeben und mit ihrer gar seltsamen Sprache ringen mussten.

*Ralf Sandfuchs, Mitbegründer von Krimsus Krimskrams-Kiste*
*Juli 2002*

# Die unfasslichen Abenteuer des Freiherrn von Münchhausen

# Vorstellung

Als ein Mann, der ebenso bekannt ist für seine unbedingte Ehrlichkeit beim Verfassen der Berichte über seine Erlebnisse wie auch für seine ungeheuerlichen Abenteuer auf der ganzen Welt (und manchmal gar in ihrem Inneren), werde ich immer wieder von meinen Freunden gefragt, warum ich meinen Namen – einen alten und überaus ehrwürdigen Namen; nach den Aufzeichnungen unserer Familienchronik war ein Münchhausen sogar auf der Arche Noah zugegen – für ein Spiel hergebe, bei dem es um das Erzählen außergewöhnlicher Geschichten und unwahrscheinlicher Anekdoten geht.

Meine Antwort darauf ist einfach. Mein untadeliger Ruf und mit ihm die Berichte über viele meiner erstaunlichen Abenteuer haben sich über die ganze zivilisierte Welt ausgebreitet, haben Ozeane überschritten, sind bis ins tiefste Afrika und sogar ins weit entfernte Japan vorgedrungen, zu den Zwillingswelten von Mond und Sonne und zu den seltsamen Kreaturen, die dort leben, ja, sogar bis nach Frankreich. Und weil dies so ist, bedrängen mich die Menschen überall auf der Welt, diese Geschichten zu erzählen, was ich – als Mensch von noblem Geblüt – natürlich niemals verweigere.

Natürlich bleibt mir darum kaum ein Moment der Ruhe vor irgendwelchen Schwachköpfen, die immer wieder hören wollen, wie meine Gefährten und ich von einem Wal verschluckt wurden, oder die alte Geschichte von meinem Ritt auf einer Kanonenkugel vor Konstantinopel. Und allzu oft habe ich als Lohn für meine Mühen nicht mehr als ein kleines Glas unerträglichen Brandys erhalten, manchmal nicht einmal das! Glaubt Ihr denn, ich sei einfach irgendein Geschichtenerzähler, der nur für Euer Vergnügen da ist? Nein! Ich bin ein Edelmann, ein Soldat und Abenteurer, doch diese undankbaren Kreaturen, sie sind nichts weiter als Angeber, die sich mit meiner Bekanntschaft brüsten wollen, und ich möchte lieber in die tiefste Hölle verdammt werden als noch einmal irgendetwas mit einem dieser Wichtigtuer zu tun zu haben.

Mit der Veröffentlichung dieses Spiels (das ich hiermit in aller Bescheidenheit den beiden Menschen widmen möchte, die für mein Werk am bedeutendsten waren: nämlich mir selbst und der Kaiserin von Russland) möchte ich denen, die mich ständig mit ihren Wünschen bedrängen, ein Mittel an die Hand geben, damit sie auch zu den Zeiten, in denen ich nicht persönlich anwesend sein kann, einander verblüffende Geschichten erzählen können. Ein solches Spiel stellt also nicht nur einen großen Segen für den menschlichen Geist und die abendländische Zivilisation dar (und eine kleine Einnahmequelle für mich selbst, wobei ich jedoch meinen emsigen Lesern versichern kann, dass dieser Punkt für mich die geringste Bedeutung bei der Erschaffung dieses Werkes hatte). Nein! Es wird auch bedeuten, dass ich in Bälde mehr Zeit mit denen verbringen kann, die meine Gegenwart und mein Charisma am ehesten zu schätzen wissen: nämlich den Damen der feinen Gesellschaft.

Ich bin jedoch auch sicher, dass dieses Spiel die größte Innovation in der Spielentwicklung

5

seit der Erfindung der sammelbaren Tarock-karten darstellt, die ich damals erfand, während ich wegen der fälschlich erhobenen Anklage, Quitten an einem Sonntag importiert zu haben, in der Bastille einsaß. Aber ich schweife ab.

Ich werde mich unverzüglich daran machen, das Spiel selbst zu beschreiben, doch zunächst möchte ich meine Leser an einen wichtigen Umstand erinnern. Bei diesem Spiel geht es um das Erzählen von Geschichten, und jede dieser Geschichten wird auf einem der erstaun-lichen Abenteuer basieren, die ich erlebt habe – in ihrer Art, wenn nicht gar in ihrem Inhalt. Jedoch, während Eure Erzählungen Eurer Phan-tasie entspringen werden, entsprechen meine Erlebnisse selbstverständlich bis hin zum letz-ten Detail der Wahrheit. Etwas anderes zu be-haupten, würde bedeuten, dass Ihr mich einen Lügner schimpft, und vorzugeben, Eure selbst erdichteten Schrullen kämen meinen Abenteu-ern gleich, hieße mich einen Scharlatan zu nen-nen. Und deshalb, werte Herren, seid gewarnt: solltet Ihr Euch auf die eine oder andere Art eine solche Frechheit herausnehmen, so werde ich Euch auffordern, mich vor dieses Haus zu begleiten, wo ich Euch zeigen werde, was ein wahrer Meister der Fechtkunst ist, und seid versichert, dass die sprühenden Funken mei-nes Könnens Euch für mindestens einen Mo-nat blenden werden. Ich bin ein Edelmann, werte Herren, und mit mir ist nicht zu spaßen.

Und nun, reicht doch bitte den Cognac weiter. Nein, doch nicht so! Im Uhrzeigersinn, Du Tölpel!

# Das Stegreifspiel der edlen Herren

Dieses Spiel ist im Grunde einfacher Natur. Eigentlich ähnelt es einer althergebrachten Sit-te, die ich bei den Stämmen des weit entfern-ten Amazonas beobachten konnte. Die Män-ner dieser Stämme vertreiben sich mit Geschich-ten die Zeit, während sie das Essen zubereiten. Ich hatte die unverhoffte Gelegenheit, diese ehrenwerte Tradition in voller Länge zu studie-ren, nachdem mir das Missgeschick unterlau-fen war, von eben diesen Männern gefangen zu werden, so dass ich selbst das Essen war, bei dessen Vorbereitung ich selbstverständlich zugegen sein musste. Das Ritual wurde ange-wandt, um die frischen Speisen zu reinigen und zu unterhalten, aber auch, um sie den barbari-schen Gottheiten dieser wilden Heiden zu wei-hen. Nun ja, ich konnte diesem unangeneh-men Mahl entkommen, indem ich sie überzeug-te, dass ich selbst einer ihrer Götter... aber ich merke, ich schweife wiederum ab.

Wie ich bereits sagte, dieses Spiel ist in der Tat einfacher Natur. Die Teilnehmer sitzen um einen Tisch herum, vorzugsweise mit einer Fla-sche eines wohlschmeckenden Likörs oder eines angemessenen Weines – schließlich will die trok-kene Kehle befeuchtet werden – und erzählen einander Geschichten über ihre erstaunlichen Heldentaten und Abenteuer.

Die Aufforderung an einen der Mitspieler, seine eigenen Erlebnisse wiederzugeben, geht von seinem Tischnachbarn aus. Alle Teilneh-mer der erlesenen Runde können den Erzähler mit Fragen und eigenen Beobachtungen unter-brechen, wann immer es ihnen wichtig oder angemessen erscheint, und er ist verpflichtet, diese entweder mit seinen Worten zu entkräften oder sie als reine Unverschämtheit empört zurückzuweisen.

Wenn alle Mitspieler ihr erzählerisches Talent unter Beweis gestellt haben, so wird derjenige, der die ausgereifteste, meinen eigenen Berichten am nächsten kommende Erzählung zum Besten gegeben hat, seinen Sieg mit einer Runde feiner Getränke für sich und seine Gefährten feiern.

Nach dieser angemessenen Stärkung aller Beteiligten kann das Spiel dann von Neuem beginnen.

Ich erinnere mich noch heute an einen Abend in einem Gasthaus am Wegesrand, kurz vor Sankt Petersburg, in einem höllisch kalten russischen Frühling. Ich saß mit einigen anderen Reisenden – viele von uns Abenteurer und Soldaten von untadeligem Ansehen – in der Schankstube. Ein plötzlicher Blizzard hielt uns an diesem Ort fest und zwang uns, die Nacht dort zu verbringen. Allerdings litt diese einsame Spelunke an einem wahrhaft bestürzenden Mangel an angemessenen Räumlichkeiten. Selbstverständlich gestatteten wir zunächst den Damen unserer Gesellschaft, sich zurückzuziehen. Die ehrenwerten Herren hingegen einigten sich darauf, einen Wettbewerb darüber entscheiden zu lassen, wer die verbleibenden freien Zimmer erhalten und wer gezwungen sein würde, sein Lager in den Stallungen oder – noch schlimmer – in den Kammern der Diener aufzuschlagen.

Als wir jedoch erkennen mussten, dass niemand von uns Karten, Zahlscheiben, Würfel oder Backgammon-Brett mit sich führte, vereinbarten wir einen Wettstreit der Geschichten. Jedes Mitglied unserer Runde forderte nacheinander seinen Nachbarn auf, eins seiner außergewöhnlichsten Abenteuer wiederzugeben, und wir anderen prüften ihre Erzählungen auf deren Wahrhaftigkeit, Glaubwürdigkeit und moralische Untadeligkeit. Als alle geendet hatten, stimmten wir über den Sieger ab. Ich kam dabei, durch reine Schlauheit, auf den dritten Platz, ein Ergebnis, das mich ins Exil einer kleinen Dachstube trieb, deren Position mir allerdings gestattete, mich nächtens hinaus zu schleichen und eine äußerst bemerkenswerte Nacht zu verbringen, gewärmt im Bett und abgelenkt von den Zärtlichkeiten der Tochter des Her-

7

zogs der Normandie, deren Schönheit und Zimmernummer mir nicht entgangen waren, schon bevor das Spiel begann. Glaubt mir, wenn ich Euch sage, dass es nicht darauf ankommt, ob Ihr siegt oder verliert, sondern nur darauf, wie Ihr das Spiel spielt.

Nun denn, das Spiel in Euren Händen läuft recht ähnlich ab wie der eben geschilderte Wettstreit, jedoch gemeinhin ohne das Vorhandensein der eben erwähnten Herzogstochter. Ein ausgesprochen unseliger Umstand.

# Die Vorbereitung eines Spiels

Um Euch an diesem Spiel zu erfreuen, werdet Ihr einige Dinge brauchen, die jedoch ein wahrer Edelmann immer bei sich führt oder leicht besorgen kann.

Zum einen benötigt er drei oder mehr gute Freunde, vorzugsweise von edler oder zumindest vornehmer Herkunft, einen Tisch, mehrere Stühle, einen reichlichen Vorrat an Getränken, am besten mit einer bezaubernden Schankmagd, um sie Euch in angemessener Art servieren zu lassen, und einige Münzen, die als Wetteinsätze dienen und nach dem Ende des Wettstreits auch zur Bezahlung der Rechnung dienen sollen.

Solltet Ihr solcherlei Dinge zur Hand haben, würde ich noch zu etwas Schreibpapier sowie Feder und Tinte raten. Eine kalte Nacht, ein warmes Feuer und ein gutes Mahl sind

ebenfalls von Vorteil, und es ist auch immer erstrebenswert, den einen oder anderen Diener bei sich zu haben. Weitere Dinge werdet Ihr nicht benötigen, außer einigen Lappalien, die ich Euch auf den folgenden Seiten noch nahe bringen werde.

# Der Beginn des Spiels

So, nun sammelt Eure Gesellschaft um Euch und zählt deren Mitglieder. Sollte es bereits spät am Abend sein, lasst einen Diener dies für Euch

tun. Überzeugt Euch außerdem, dass jeder Spieler eine Börse bei sich trägt, die so viele Münzen enthält, wie Spieler an der Runde teilnehmen – fordert jedoch diesmal keinen Bediensteten auf, dies zu tun, da Diener von Natur aus ein hinterhältiger und verantwortungsloser Menschenschlag sind, die eher einen Mann vollständig ausrauben, als ihm aus einem Graben zu helfen. Und Ihr solltet mir besser glauben, denn ich wurde in genug Gräben liegend ausgeraubt, um dies genau zu wissen.

Wenn Eure Gesellschaft aus weniger als fünf Edelleuten besteht, gönnt dennoch jedem Teilnehmer fünf Münzen. Wenn Ihr hingegen mehr als zwanzig seid, dann denkt nicht einmal daran, ein Spiel wie dieses anzugehen; stattdessen rate ich Euch, Eure Mittel zusammenzulegen, einige Söldlinge anzuwerben und über eine Invasion Belgiens nachzudenken.

Welche Sorte Münzen Ihr benutzt, ist nicht wirklich von Bedeutung. Obgleich, resultierend aus meinen Erlebnissen im Orient, wo ich mein Spiel recht erfolgreich ausprobieren konnte, wiewohl ich keine der dort gebräuchlichen Sprachen beherrschte und meine Gastgeber ebenso wenig meine Sprache, solltet Ihr einige Grundregeln im Auge behalten.

Zunächst solltet Ihr darauf achten, dass alle Münzen den gleichen Wert haben, um Euch größere Streitigkeiten mit Euren Freunden zu ersparen.

Des weiteren muss es sich nicht einmal um Münzen handeln; ich habe im finstersten Afrika schon mit farbigen Glasperlen gespielt, welche die Eingeborenen dort unten in Hülle und Fülle besitzen – sie erhalten diese Kinkerlitzchen von Missionaren, haben jedoch, nachdem sie die Missionare erst einmal verspeist haben, eigentlich keine Verwendung mehr für die kleinen bunten Kügelchen.

Letzthin sollte noch festgestellt werden, dass jemand, der den Vorschlag macht, mit Papiergeld zu spielen (was kaum zu mehr zu gebrauchen ist, als sich damit an bestimmten, hier nicht zu nennenden Stellen zu säubern), eindeutig kein Ehrenmann ist und sogleich aus Eurer Runde und am besten auch gleich aus Eurem Herrenclub vertrieben werden sollte.

Sollte Eure Runde nun noch nicht zu betrunken, zu müde oder zu gelangweilt sein, so solltet Ihr Euch jetzt mit der Erschaffung eines Charakters befassen. Ansonsten könnt Ihr diesen Teil des Spieles auch auslassen. Wenn es nach mir ginge, gäbe es ihn eh nicht.

# Die Erschaffung eines Charakters

Mein Herausgeber behauptet, er habe sich mit den größten lebenden Autoritäten in diesen Dingen über dieses Thema ausgetauscht, und somit sei er sich sicher, dass wir für ein Spiel wie das meine einen Abschnitt mit diesem Titel brauchen. Ich hoffe, dass diese wenigen Zeilen ausreichend sein werden, denn mein Herausgeber ist hoffentlich in der vergangenen Nacht so tief in das Innere einer Flasche abgetaucht, dass er zwar die Überschrift liest, der billige Gin aber seine Augen so sehr verschleiert, dass er nicht bemerkt, wenn ich meine Leser stattdessen lieber vor den Gefahren warnen möchte, die sich beim Umgang mit solchen Möchtegern-Autoren wie diesem Gesindel aus der Grub Street ergeben.

*Manchmal ist ein halber Freund besser als gar keiner.*

Nein! Wahrhaftig, es erscheint mir schier unglaublich, dass ein Mann, der am vorangegangenen Abend im Gin geradezu gebadet hat, auch nur eine einzige Silbe sprechen, geschweige denn einen so unendlichen Strom übler Flüche ausstoßen kann, wie sie soeben von seinen aufgesprungenen Lippen geflossen sind. Wie auch immer, es scheint so, als ob mein Spiel nun doch einige Worte über das Thema Charaktererschaffung enthalten wird.

Also, zur Sache. Um sich der Angelegenheit der Charaktererschaffung zu widmen, werdet Ihr ein Stück Papier und eine Feder benötigen – ich nehme doch an, dass Ihr, Edelmann von guter Erziehung, der Ihr sicherlich seid, des Lesens und Schreibens mächtig seid, zumindest in Latein. Falls dem nicht so ist, so habe ich die Erfahrung gemacht, dass reisende Priester häufig bereit sind, Euch diese Aufgabe abzunehmen. Wenn kein Priester oder Schreiber verfügbar ist, ruft einen herbei. Wenn Ihr niemanden findet oder Ihr Euch aus pekuniären Erwägungen außerstande seht, Euch seine Dienste zu sichern (vielleicht, weil Ihr Euer Vermögen auf eine unkluge Wette mit dem König des Mondes bezüglich des Wachstums eines Spargel-Speers gesetzt habt), dann rate ich Euch, diesen Abschnitt ohne weiteres Zögern einfach zu übergehen.

Ansonsten schreibt Euren Namen oben auf das Papier, oder bittet Euren Gefährten darum, und setzt einen Eurer Stellung entsprechenden Ehrentitel hinzu, sei dies nun „Freiherr", „Baron" oder welcher andere Titel Euch angemessen erscheint.

Wenn Ihr Gäste fremdländischer Herkunft in Eurer Gesellschaft wisst, mögen auch andere Titel erlaubt sein, wie etwa „Duke", „Vicomte", „Don", „Sultan", „Emir" oder, wie ich gehört habe, in den ehemaligen britischen Kolonien Amerikas durchaus gebräuchlich, „Chief Executive Officer".

In diesem Zeitalter allgemeinen Wahlrechts, nun, da die Frauen endlich bekommen haben, was ihnen viele Generationen lang versagt geblieben ist, müssen wir auch noch an das schwächere Geschlecht denken: „Baronin", „Comtesse" und ähnliche Titel sind also ebenso erlaubt. Wenn's denn sein muss ...

Falls Ihr nicht in einem solch erhobenen Stand geboren seid, dann möget Ihr schreiben, was immer Euch gefällt, da dies nicht mehr als ein Spiel ist. Jedoch, werter Herr, ich muss Euch warnen, wenn ich einen Mann treffen sollte, der im wahren Leben vorgibt, edlen Blutes zu sein, dies aber nicht wirklich ist – und bei meinem Alter, meiner Erfahrungen und meiner erstaunlichen Nase, zusammen mit der mir eigenen Kunst des Geruchslesens, die mich ein Eskimo lehrte, als Belohnung dafür, dass ich ihn vor einer Herde wilder Eisbären gerettet hatte, kann ich sie riechen, werter Herr, ich kann sie riechen – dann werde ich ihn mit meinem Rapier so schwindelig machen, dass er sich nicht mehr an seinen Namen oder die Richtung nach seiner Heimat erinnern wird, und noch weniger an den Adelstitel, den er sich aneignen wollte.

Doch zurück zu meinem Spiel. Als nächstes unterstreicht nun Euren Namen. Ach, unterstreicht ihn gleich noch einmal, denn schließlich ist er von höchster Bedeutung.

Unter Euren Namen setzt nun noch das Datum Eurer Geburt und das Land Eurer Herkunft (und wenn Ihr mögt, noch den Namen Eures Landsitzes). Orden und andere Ehrenzeichen solltet Ihr in diesem Moment jedoch eher unerwähnt lassen, der Bescheidenheit halber.

Darunter schreibt einfach, was auch immer Euch gefällt. Ich fand diesen freien Platz immer höchst nützlich, um die Adresse und Herkunft der jungen Damen festzuhalten, die mir am jeweiligen Abend besonders auffielen.

Und das möge es auch schon zum Thema Charaktererschaffung gewesen sein. Mehr über solche Nichtigkeiten zu Papier zu bringen würde mich gefährlich in die Nähe eines französischen Romanciers rücken, und solcherlei will ich mir nicht nachsagen lassen. Reicht mir den Port, sonst kann ich nicht weiter schreiben.

# Der Beginn einer Erzählung

Sobald die ganze Gesellschaft Charaktere erschaffen hat, oder eben nicht – und ich empfehle Euch, dass Ihr es besser unterlasst –, sind die Herren bereit, das eigentliche Spiel anzugehen.

Die Ehre, die Reihe der Erzählungen zu beginnen, wird dem Spieler mit dem höchsten gesellschaftlichen Rang zuteil (natürlich werden normale Protokollregeln angewandt: religiöse Titel werden immer höher bewertet als ererbte Titel, und diese wiederum höher als militärische, wenn Titel einander gleichwertig sind, vergleicht die untergeordneten Titel, die Anzahl

und Größe der Landgüter im Besitz der Familie oder die Anzahl der Jahrhunderte, die der Titel bereits in der Familie ist, Jugend unterwirft sich dem Alter, solltet Ihr dann immer noch im Zweifel sein, so wird die höchste militärische Auszeichnung der Betreffenden über ihren Status entscheiden, und sollte auch das noch nicht reichen, so verweise ich Euch an die Standardwerke von Herren wie Debrett oder Burke, die ihr Leben dem Studium der edlen Familien und ihrer Bedeutung gewidmet haben).

Wenn durch den unglücklichen Umstand der Geburt oder der schlechten Organisation Eures Gastgebers keine Person von edlem Blut anwesend sein sollte, so möge derjenige, der weise genug war, mein Spiel zu kaufen, seine Gefährten als erstes mit einer Geschichte unterhalten. Wenn mehrere Gäste diese wichtige Anschaffung getätigt haben, dann danke ich ihnen allen. Wenn niemand sich dazu entschließen konnte, so frage ich mich, ob Eure Runde wirklich die nötige geistige Reife besitzt, die ein Spiel wie dieses erfordert, ein Spiel, das auf Adel und Großmut von Geist und Börse beruht und nicht für kleingeistige Geizhälse gedacht ist.

Wenn Euch hingegen all diese Methoden zur Bestimmung des ersten Erzählers nicht zusagen, so lasst doch einfach den beginnen, der als letztes die Gläser seiner Gefährten gefüllt hat.

Doch wie auch immer es geschieht, sobald die Person festgelegt wurde, die das Spiel beginnen soll, ist es an der Zeit, mit den eigentlichen Erzählungen anzufangen.

Um dies zu tun, wendet Euch an die Person zu Eurer Rechten und bittet sie, der versammelten Gesellschaft eins ihrer berühmten Abenteuer zu schildern. Um ein Beispiel zu bemühen: *„Lieber Freiherr, unterhaltet uns doch mit Euren Erinnerungen an die Schlacht von Paris, wo Ihr alleine gegen die französische Armee gekämpft und sie niedergerungen habt."* Oder: *„Hochverehrter und edler Prinz, sofern ich Euch einen Moment von den gnädigen Zuwendungen ablenken dürfte, die Ihr meiner Schwester zukommen lasst, vielleicht könnt Ihr meine Neugier in Bezug auf die Angelegenheit Eurer Flucht aus dem Gefängnis von Akkra befriedigen, nachdem Ihr doch ebendort zwei Tage zuvor geköpft worden seid?"*

Für diejenigen unter meinen Lesern, denen es an geistiger Beweglichkeit fehlt, um sich selbst ein ausreichend außergewöhnliches und humorvolles Thema einfallen zu lassen, habe ich in einem Anhang etwa zweihundert Themen aus dem Fundus meiner eigenen Heldentaten ausgewählt, welche weniger gewitzte Spieler als Inspiration betrachten mögen. Es handelt sich freilich um nicht mehr als einen kleinen Bruchteil dessen, was ich erlebt habe.

Egal jedoch, ob Ihr eins meiner Beispiele oder eine Eurer eigenen Taten auswählt, beachtet bitte, dass das Thema der Geschichte dem Erzähler erst wenige Sekunden, bevor er es mit Leben erfüllen soll, eröffnet werden darf. Denn durch die so erzeugte Verblüffung lässt sich viel gute Laune bei den anderen Spielern erzeugen.

Der so überraschte Edelmann muss nun eine Geschichte zum Besten geben – ob dies aus dem Fundus seiner eigenen Abenteuer oder vielleicht auch gänzlich aus der Tiefe seiner Vorstellungskraft geschieht, mag uns dabei zunächst nicht kümmern. Es sei ihm jedoch immer erst ein Moment des Überlegens gestattet, indem er seine Erzählung mit einem Ausruf wie *„Ah!"* beginnt und vielleicht sogar ein *„Ja!"* hinzufügt. Alle weiteren Ausflüchte sollten jedoch als unziemlich betrachtet werden. Werft mit Gebäck nach dem Zauderer, um ihn zur Eile zu mahnen.

Die Erzählungen sollten kurz sein, nicht länger als fünf Minuten, und in angemessenem Tempo erzählt werden, ohne Zögern oder unangemessene Pausen, um seine Gedanken zu fassen. Schauspielerei, Gesten, Grimassen, die Nachahmung von Stimmen und der Einsatz von Gegenständen sind allesamt gestattet, jedoch möge der Erzähler bedenken, dass er nicht zu weit gehen darf: immerhin ist er von edler Geburt – oder zumindest gibt er dies vor. Ich erinnere mich noch gut daran, wie ich dieses Spiel einst mit dem Großsultan der Türkei spielte, als er mich als Geisel in Konstantinopel festhielt. Für eine seiner Geschichten heuerte er eine Gruppe von Schauspielern, eine Truppe von Akrobaten, Zauberkünstlern und Tänzerinnen und sechs Elefanten an. Die Geschichte dauerte drei Tage und vier Nächte an, und als die Gesellschaft sich entschied, ihn nicht zum Sieger zu küren, sondern im Gegenteil meine eigene Anekdote vorzog, wie ich die kernlose Traube entdeckte, ließ er uns alle köpfen... aber ich merke, ich schweife erneut ab. Also, genug davon.

*Zweifle nicht an Deinem Verstand, es gibt immer eine logische Erklärung!*

# Wie ein Erzähler einen ehrenvollen Abgang finden kann

Sollte ein Mitspieler nicht willens sein, seine Abenteuer vor der anwesenden Gesellschaft auszubreiten, oder sollte er während seiner Erzählung zögern, so darf er für sich einwenden, dass seine Kehle zu trocken ist, um weiter zu sprechen. Die guten Manieren unter Edelleuten verlangen dann, dass man ihm gestattet, sich ehrenvoll zurückzuziehen. Die guten Manieren verlangen jedoch auch, dass er sich ein Getränk besorgen muss, um seine Kehle anzufeuchten, und es wäre in höchstem Maße unangemessen, wenn er nicht auch für den Rest der versammelten Gesellschaft eine Erfrischung besorgen würde.

Um es kurz zu machen, ein Spieler kann es ablehnen, eine Geschichte zu erzählen, muss dann jedoch jedem Mitglied der versammelten Gesellschaft einen Kelch mit einem Getränk seiner Wahl kaufen.

Nachdem er sich jedoch zurückgezogen und neue Getränke bestellt hat, wendet der fragliche Spieler sich an seinen Nachbarn zur Rechten und schlägt, wie es die Form gebietet, ein neues Thema für eine Geschichte vor.

# Wetten und Einwürfe

Den etwas weniger intelligenten unter meinen Lesern zuliebe sollte ich erwähnen, dass dieser Abschnitt der raffinierteste Teil meines Spieles ist - allerdings muss ich wegen der lächerlich festgelegten Struktur, die mir von meinem emsigen, aber vermutlich doch übersensiblen Herausgeber aufgezwungen wurde, noch warten, bis ich genau erklären kann, warum dies der raffinierte Teil ist.

Der Weg einer Erzählung sollte niemals gradlinig sein, und die anderen Spieler dürfen jederzeit den Erzähler mit einer Wette oder einem Einwurf unterbrechen. Dies mag reiner Gehässigkeit entspringen, oder die Geschichte hat sich einer so seltsamen Wendung unterzogen, dass sie schier unglaublich erscheint (wie es mir immer wieder geschieht, wenn ich von dem Pferd berichte, das einst über meinen Säbel stolperte und sich dabei selbst zerteilte, so dass ich es vor unserem nächsten Ausritt erst wieder mühsam zusammenfügen musste).

Eine solche Unterbrechung geschieht, indem der Spieler eine der Münzen vor ihm (und niemals mehr als eine) in die Mitte des Tisches schiebt - wir wollen dies den Einsatz nennen - und den Fluss der Geschichte dadurch unterbricht.

Eine Wette würde beispielsweise so formuliert werden:

> *„Ich wette, Baron, dass hinter der Tür, die Ihr erwähntet, eine ganze Kompanie Füsiliere nur darauf wartete, über Euch herzufallen!"*

oder

> *„Ich wette, Freiherr, dass die Kaiserin von Eurem Geschenk von zwei Giraffen nicht all-*

zu begeistert war und Euch sofort aus ihrem Schlafzimmer entfernen ließ?"

Einwürfe werden im Gegensatz dazu auf die folgende Art gemacht:

*„Aber Herzog, es ist allgemein bekannt, dass die Kaiserin einen tiefen Hass auf Giraffen verspürt, seit ihr Schoßhund von einem solchen Tier gefressen wurde."*
oder
*„Aber, Baronin, zu dem Zeitpunkt, von dem Ihr berichtet, war der Koloss von Rhodos bereits seit fünfzig Jahren eine zusammengebrochene Ruine, also könnt Ihr ihn doch gar nicht erklommen haben."*

oder eine beliebige von tausend anderen Möglichkeiten.


Falls die Wette oder der Einwurf des Unterbrechers korrekt ist - mit anderen Worten, falls der Erzähler sich entschließt, dieses Detail in seine Anekdote einzubauen -, dann muss er seinem Gefährten zustimmen und darf dafür dessen Münze behalten. Er muss dann jedoch notgedrungen erklären, warum die Ereignisse, mit denen die Schilderung seiner ruhmreichen Heldentat so rüde unterbrochen wurde, ihn nicht daran gehindert haben, das Abenteuer zu bestehen, das er gerade beschreibt.

Wenn jedoch die Unterbrechung falsch erscheint - falls der Erzähler also die Wette oder den Einwurf nicht in seine Geschichte einbauen möchte -, dann darf er die Münze seines Kameraden zusammen mit einer seiner eigenen Münzen von sich weg schieben und ihn darauf aufmerksam machen, dass er offensichtlich ein unwissender Tölpel ist, der keine Ahnung hat, wovon er redet und seine Informationen wahrscheinlich aus dem Gewäsch irgendwelcher alter Damen in verrufenen Gin-Häusern bezieht. Wenn der Edelmann, der die Geschichte unterbrochen hat, nicht bereit ist, diese Beleidigung auf sich beruhen zu lassen, so darf er seinen Einsatz um eine weitere Münze erhöhen

und den Stapel wieder dem Erzähler zuschieben; dadurch macht er noch einmal deutlich, wie ernst es ihm mit seinem Einwurf ist und dass er der ihm entgegen gebrachten Beleidigung nur mit einem nochmals gesteigerten Interesse für die wahren Ereignisse begegnet. Der Erzähler kann die Wette mit einer weiteren Münze und einer weiteren Beleidigung zurückweisen, und immer so fort, bis eine Seite sich bereit erklärt, die Beleidigung zu akzeptieren (und dafür den Einsatz zu behalten), oder bis eine Seite ihre Mittel erschöpft hat, aber dennoch nicht zurückstecken will - und sollte dies geschehen, wird es zwangsläufig zu einem Duell kommen. (Im weiteren Verlauf dieses Buches werde ich noch über Duelle und ihre Wirkung schreiben, ein Abschnitt, von dem ich glaube, dass er mir viel Freude bereiten wird.)

Um Euch ein Beispiel für den Ablauf eines solchen Einwurfs zu geben, wie er im Verlauf eines Spiels vorkommen mag, und den ich sorgfältig auf einem der Beispiele aufgebaut habe, die ich Euch weiter oben bereits gegeben habe: stellt Euch vor, dass die Herzogin von Sutherland ein Abenteuer erzählt, basierend auf einer meiner Heldentaten, als ich aufgrund eines leichten sprachlichen Missverständnisses versuchte, das Rezept für den Kloß von Rhodos in Erfahrung zu bringen. Der folgende Schnipsel möge Euch vorführen, wie die Herzogin diese Ereignisse wiedergab:
*„Ich benötigte eine Möglichkeit, die ganze Stadt von Rhodos auf einmal zu überblicken und suchte deshalb nach dem höchsten Aussichtspunkt, den die Umgebung zu bieten hatte. Also befahl ich, dass meine Sänfte zur Spitze des Kolosses getragen werden sollte, der den Hafen mit seiner Größe beherrscht."*

Lord Hampton unterbricht ihre Ladyschaft äußerst rüde, den Mund voller Petits-fours: *„Aber Herzogin, zu dem Zeitpunkt, von dem Ihr berichtet, war der Koloss von Rhodos bereits seit fünfzig Jahren eine Ruine, von daher könnt Ihr ihn gar nicht bestiegen haben. Ich sah selbst, dass es so war, als ich vor wenigen Monaten vor Ort war."*

Während er dies sagt, schiebt er einen Sovereign über den Tisch auf sie zu.

Was soll die Herzogin nun tun? Sie befindet sich eindeutig in einer Verlegenheit. Um der Ehre willen muss sie mit ihrer Geschichte fortfahren, doch dafür muss sie eine Münze einsetzen. Wird sie dieses Opfer bringen? Sie wird!

Die Herzogin fährt fort: „*Mein lieber Lord Hampton, ich weiß nichts über den Zustand Eurer Augen, als der Koloss von Rhodos Eurem Blick entging, aber ich habe den Verdacht, dass sie vom starken Wein der Gegend getrübt waren, oder auch abgelenkt vom Anblick einer der Frauen von üblem Ruf, welche die Hafengegend frequentieren!*"

Sie legt einen zweiten Sovereign über den ihres Gegenübers und schiebt den Stapel zurück zu ihm.

Eine geistvolle Riposte, fürwahr! Wird Lord Hampton sich diese Schmach gefallen lassen? Er wird nicht! Mit großer Geste schluckt er die Reste seines Kuchens, fügt dem Stapel eine weitere Münze hinzu, schiebt ihn zur Herzogin

zurück und setzt zu einem neuerlichen Einwurf an: „*Im Gegenteil. Da viele unserer hervorragendsten Historiker den Sturz des Kolosses bereits mehrere Jahre vor Eurer edlen Geburt berichtet haben, wenn wir Euch das Alter glauben wollen, das Ihr vorgebt, könnte es nicht sein, dass Ihr einem der stämmigen Seeleute von Rhodos so sehr verfallen seid, dass Ihr auf seinen Torso geklettert seid, in der Annahme, es sei der des Kolosses selbst?*"

Ah! Eine Anschuldigung der Untreue ihrem verstorbenen Gatten gegenüber, dem berüchtigten Herzog von Sutherland! Alle Augen haben sich nun auf die Herzogin gerichtet. Ein zartes Erröten gibt ihrem Gesicht eine lebendigere Farbe, fast so, wie der Tau der frühen Dämmerung das perfekte Pink einer frisch erblühten Rose noch mehr zur Geltung bringt (eine gar wohl gewählte Formulierung, wenn ich das selbst einmal feststellen darf). In Eile zählt sie ihr Geld – doch unglücklicherweise hat sie sich an diesem Morgen einen neuen Muff und ein Paar feiner Spitzenhandschuhe gekauft, und ihre Börse ist nicht so voll, wie sie

17

es gewohnt ist. Prudence ist ihr zweiter Vorname, und dieses Wort, in ihrer Sprache „Klugheit" bedeutend, beschreibt mehr als nur ihren Namen. Und diese ihr eigene Klugheit fordert, dass sie die Beleidigung hinnehmen muss, um sich nicht finanziell zu ruinieren. Für einen Moment überlegt sie, ob sie nicht den Duke of Edgington um eine Anleihe oder ein Geschenk bitten soll, doch sie vermutet - korrekterweise -, in welcher Form der Duke die Rückzahlung verlangen würde, und somit gibt sie sich dieser Überlegung nicht allzu lange hin. Außerdem beträgt der Einsatz jetzt bereits drei Münzen; wenn sie nachgibt, gehören diese ihr. Diese Versuchung ist zu stark für eine Person des zarten Geschlechts, und sie rafft den Einsatz schnell an sich, indem sie fortfährt: *„Nicht im geringsten, mein lieber Lord Hampton, aber als ich vom Koloss sprach, meinte ich natürlich meinen Reisegefährten Thomas Highfellow, den bekanntermaßen größten Menschen der Welt. Er hatte sich einfach im Hafeneingang aufgebaut, einen Fuß auf jeder Seite der Einfahrt, und ich befahl den Trägern meiner Sänfte einfach, seinen massiven Körper empor zu klettern, bis wir die ganze Stadt über-*

*blicken konnten. Wie ich bereits sagte, wir hatten gerade sein Knie erreicht, als ..."*

In diesem Moment mischte sich der Duke of Edgington erneut ein (während er eine Münze nach vorn schob): *„Aber Herzogin, sicherlich habt Ihr doch davon gehört, dass ..."*

An diesem Punkt müssen wir die edle Dame und ihre problembeladene Geschichte hinter uns lassen - wobei man sagen muss, dass die Herzogin, wenn sie nur auf dem Pfad geblieben wäre, den meine wirklichen Erlebnisse vorgegeben hatten, sich alle Einwürfe und Widerstände hätte ersparen können, ohne ihre exquisite Stirn runzeln oder ihren weitgehend nicht vorhandenen Verstand überanstrengen zu müssen - und wieder mit der ermüdenden Pflicht fortfahren, die Regeln zu beschreiben. Dies ist wahrlich eine erschöpfende Aufgabe und sicherlich keine Sache, für die ein edel geborenes Gehirn erschaffen wurde.

Zur Hölle mit Regeln und Erklärungen! Mir ist jetzt eher danach, ein wenig von diesem Thema abzuschweifen.

# Über das Vermögen des Menschen zu edlem Verhalten

Ich habe erfahren, dass es viele unter den Lesern dieses Spiels gibt, die nicht mit dem Glück gesegnet wurden, das zum Zeitpunkt meiner Geburt auf mich selbst herabgelächelt hat. In der Tat, in diesem Zeitalter der Druckerpressen, in dem selbst Menschen niedrigster Geburt ein wenig des Lesens und Schreibens kundig sein können, ist es möglich, dass dieses Buch jemandem in die Hände fällt, in dessen Blut nicht die Zeichen von Größe fließen, dessen Geist und Seele die Klarheit und das zielgerichtete Denken fehlen, das nur aus vielen Generationen der feinsten Herkunft und Erziehung herrührt - kurz gesagt, Mitglieder des gewöhnlichen Volkes. Diese Menschen sollten wir nicht verachten, sondern sie sollten sich unseres Mitleids sicher sein, und für sie ist dieses Kapitel gedacht, in dem ich beschreibe, was ein Mensch

*Wenn man Fremdsprachen beherrscht, kann das oft sehr nützlich sein!*

von niederer Geburt benötigt, um die Statur eines perfekten Beispiels für edles Geblüt zu erreichen, wie ich selbst eines darstelle.

Edelleute entsprechen einer besonderen Schablone, die vom Allmächtigen selbst erschaffen wurde und als erstes von Baldesar Castiglione in seinem Werk *Das Buch des Höflings* beschrieben wurde. Seine Worte müssen auch heute noch als korrekt gelten, trotz der bedauerlichen Tatsache, dass er – aufgrund eines Unglücksfalls bei seiner Geburt – Italiener war. Ich werde mir die Freiheit nehmen, den erhabenen Gentleman zu zitieren, ohne ihn um seine Erlaubnis zu bitten, vor allem auch, da er seit annähernd zweihundert Jahren tot ist.

Es ist wahr, dass ich in der Vergangenheit bereits mit Pythagoras sprach, militärische Strategien mit Julius Cäsar diskutierte (der übrigens ein bemerkenswert kleiner Mann war, wie ich herausfand) und mit Cleopatra schäkerte, alles mehrere Jahrhunderte nach ihrem jeweiligen Tod, doch dies geschah mit der Hilfe eines indischen Mystikers, den ich später zum protestantischen Glauben bekehrte, was leider dazu führte, dass er nicht länger in der Lage war, irgendeins seiner heidnischen Rituale durchzuführen ... aber ich schweife erneut ab.

Castiglione schrieb – in Form einer höchst amüsanten Konversation zwischen einem Prinzen und seinen Gefährten – folgendes:

*„Ich würde mir wünschen, dass unsere Höflinge gut gebaut sind, mit wohl proportionierten Gliedern, und ich würde sie veranlassen, ihre Stärke und Leichtigkeit und Beweglichkeit zu zeigen, und sie müssten sich bewähren in allen physischen Übungen, wie sie sich für einen Krieger geziemen. Ich glaube, dass es ihre erste Pflicht ist, alle Arten von Waffen mit hoher Kunstfertigkeit zu handhaben, sowohl zu Fuß als auch zu Pferde, alle militärischen Feinheiten in ihrer Umgebung zu verstehen und insbesondere gut informiert zu sein über alle Waffen, die unter Gentlemen gebräuchlich sind. Denn außer ihrem offensichtlichen Nutzen im*

*Kriegsfall, wo man vielleicht die Feinheiten ein wenig vernachlässigen kann, können sie auch bei den immer wieder auftretenden Problemen zwischen Edelleuten von Nutzen sein, die häufig zu Duellen führen, denn sehr häufig sind die Waffen, die dabei benutzt werden, diejenigen, die man gerade zur Hand hat.*

*Ich glaube auch, dass es von höchster Wichtigkeit ist, dass man sich im Ringen auskennt ..."*

Hier werde ich jedoch einige Zeilen überspringen, da sie uns nur wenig über Edelleute lehren, aber allzu viel über Italiener. Dann fährt Castiglione jedoch fort:

*„Ich würde mir außerdem wünschen, dass unsere Höflinge erfahrene und vielseitige Reiter sind. Ebenso sollten sie großes Wissen über Pferde haben, sowie über alle anderen Dinge, die mit dem Reiten zusammenhängen. Überhaupt sollten sie ihr Sinnen und Streben darauf richten, alle anderen in allen Dingen ein wenig zu übertreffen, so dass man sie als überlegen betrachten muss. So lesen wir beispielsweise von Alcibiades, dass er allen Menschen, die in seiner Nähe lebten, überlegen war, und das jedes Mal, wenn sie behaupteten, etwas besser zu können. Und genauso sollte unser Höfling alle anderen übertrumpfen können, und das vor allem dort, wo diese anderen sich selbst am besten auskennen.*

*Ich möchte also, dass sich unser Höfling manchmal auch zu ruhigeren und geruhsameren Betätigungen herablässt, um dem Neid der anderen zu entgehen und sich auf angenehme Art in die Gesellschaft anderer einzuführen, indem er alles tut, was sie auch tun.*

*Er sollte jedoch niemals unterlassen, sich in angemessener Weise zu benehmen und alle Aktionen mit der guten Einsicht abzuwägen, die es ihm verbietet, an irgendwelchen närrischen Dingen teilzunehmen. Lasst ihn lachen, scherzen, necken, sich balgen und tanzen, doch das in einer Weise, die guten Sinn und Diskretion zeigt, und lasst ihn alles, was er sagt oder tut, mit Anstand sagen oder tun. "*

Diesen Worten möchte ich hinzufügen, dass der Edelmann die höchste von Gottes Schöpfungen ist, zu einem Höhepunkt der Perfektion geworden durch Jahrhunderte guter Fortpflanzung, Bildung, Kultur und Ernährung, und das sollte er niemals vergessen. Die Aristokratie Frankreichs hat dies letzthin vergessen und fand sich als Ergebnis bei einer kurzen Audienz mit einer gewissen Madame Guillotine wieder – ein Schicksal, vor dem ich viele bewahren konnte, durch eine Reihe von Verkleidungen, ein Englisch-Portugiesisch-Wörterbuch und eine Herde hohler Kühe ... aber ich schweife wiederum ab und werde deshalb unverzüglich zum eigentlichen Thema zurückkehren. Ich möchte jedoch noch anfügen, dass ich meine kürzlich überstandenen Erlebnisse in Frankreich gerne jedem Edelmann berichten werde, der mir die Ehre gibt, mich als seinen Gast bei einem ausgiebigen Abendessen zu betrachten.

Der Edelmann setzt dem Rest der Menschheit ein hehres Beispiel. Er muss zu allen Zeiten höflich und zuvorkommend sein, sogar zu gesellschaftlich Untergeordneten und Ausländern (obgleich, Diener und Franzosen sind natürlich von dieser Regel ausgenommen). Sein Verhalten ist der Prüfstein der Zivilisation, denn ohne den Adel gäbe es keine Gönner der Wissenschaften, der hohen Künste, der Literatur oder der Musik, und nur gewöhnliche Unterhaltung wie das Theater, den Volkstanz, die Politik und das Schachern der Händler würden verbleiben.

Natürlich hat kein Edelmann etwas mit Magie zu tun, was allein darin schon begründet liegt, dass sie nicht existiert. Wissenschaft, Logik, Philosophie und Erleuchtung, sie alle zeigen uns, dass Magie nicht funktionieren kann – eine Sichtweise, der ich voll und ganz zustimme, obwohl ich zugeben muss, dass es mir schwer fällt, zu erklären, warum ich, nachdem ich in Rumänien einige Zigeuner beleidigt hatte, eine Woche lang davon überzeugt war, ein Hühnchen zu sein.

Wenngleich Ihr, meine Leser, vielleicht in keiner Weise wie diese Vorbilder der Menschheit seid, die ich soeben geschildert habe, so müsst Ihr doch, um dieses Spiel zu spielen, vorgeben, von nobler Geburt zu sein.

Während Ihr also die großartigen Abenteuer schildert, die Ihr angeblich erlebt habt, solltet Ihr Euch selbst und Eure Erlebnisse so darstellen, dass Eure noblen Absichten und Taten deutlich werden. Es mag sein, dass manche diese Erfahrung als beunruhigend empfinden werden, aber ich hoffe voller Inbrunst, dass es eine interessante Lektion für Euch als gewöhnliche Menschen darstellt und dass es selbst die tölpelhaftesten unter meinen Lesern einige anständige Manieren lehrt.

Natürlich wird jeder Edelmann, der seines Titels würdig sein will, auf seinen Reisen und Abenteuern von Dienern und Reisegefährten begleitet werden. Um diesem Umstand Rechnung zu tragen, wird nun im nächsten Kapitel ein Diskurs über die Gefährten eines Adligen folgen, der mir bestimmt wieder die Gelegenheit gibt, ausgesprochen rüde gegenüber den Franzosen zu sein.

# Über die Gefährten eines Edelmannes

Während er sich durch die Mühen des Lebens quält, muss ein Edelmann stets von vielen Gefährten umgeben sein, die ihm beistehen, ihm Gesellschaft leisten und seinen Geist mit ihrem Verstand und ihrer Bildung erfrischen. Gefährten sind Menschen mit seltenen Fähigkeiten, manche gar so selten, dass sie absolut einzigartig sind. Ich erinnere mich gut an meinen lieben Freund Octavus, der mir so gekonnt dabei half, die ganze türkische Flotte in meine Gewalt zu bringen, einfach durch seinen erstaunlichen Atem, mit dem er alle Schiffe aus ihren Verankerungen und die Küste hinab blies,

wo sie sich in einer Barriere aus Fischernetzen verfingen, die ich über die See gespannt hatte. Oder da war Wolfgang, dessen ungeheuerliche Fähigkeiten als Gärtner ihn befähigten, den Schwarzwald in nur zwei Tagen in einen Schwarzrosengarten zu verwandeln, so dass es mir gelang, meine Wette mit Baron d'Escourt zu gewinnen und seine liebreizende Tochter so sehr zu bezaubern, dass ... aber das ist eine andere Geschichte, und sie soll zu einer anderen Zeit erzählt werden.

Gefährten sind also, um es kurz zu machen, die Männer und Frauen, die Euch auf Euren

Abenteuern helfen. Von daher, solltet Ihr bei Eurer Schilderung eine Person von außergewöhnlicher Begabung benötigen, um Euch aus einer besonderen Eskapade zu retten, könnt Ihr sie einfach in Eurer Erzählung erwähnen, wenn Euch danach ist. Aber achtet darauf, dass Ihr nicht die Dienste von mehr als einem solchen Gefährten in einer Geschichte nutzt, denn sich so zu verhalten, würde als gierig und somit eines Edelmannes unwürdig betrachtet werden. Edelleute, wie ich Euch wohl kaum erinnern muss, sind keineswegs gierige Menschen – nun ja, zumindest die meisten nicht, und wir befassen uns hier nur mit dem besten Teil des Adels. Immerhin geht es hier um die Welt der Fantasie.

(Es muss wohl nicht besonders erwähnt werden, dass Gefährten keine Diener sind. Ein Freiherr hat so viele Diener wie ein französischer Hund Flöhe, und was Diener angeht, seien sie nun Franzosen oder anständige Menschen, so werden sie ihrem Herren auf die gleiche Art und Weise dienen, wie es die Flöhe bei einem Hund tun: als dauernde Quelle der Irritation und Störung. Ich erinnere mich an einen französischen Diener, der mir während meines Feldzugs an der russischen Grenze zu Diensten war; er trank heftigst, fluchte erbärmlich, verbrannte meine Hemden, konnte ein Taschentuch nicht von einem Heißluftballon unterscheiden und erwies sich schließlich gar als Frau, als Gattin ein es Fischverkäufers aus Calais, die sich unsterblich in mich verliebt hatte. Dies hätte uns beide in schwere Verlegenheit bringen können, wäre er nicht bequemerweise wegen Verrats gehängt worden. Ich will nicht verhehlen, dass ich es war, der die Karte des geheimen Tunnels unter dem Ärmelkanal in ihrer Tasche platzierte, als sie ... ah, ich merke, ich schweife erneut ab.

(Was mich gerade noch rechtzeitig daran erinnert, dass dieses ganze Kapitel nicht mehr als eine ausgedehnte Abschweifung ist, und ich sollte wohl zum eigentlichen Thema zurück kehren, selbst wenn es nur geschieht, um meinen Herausgeber zu besänftigen, dessen Wangen mit der Röte unendlichen Zorns glühen, fast so wie die rosigen Backen der süßen Dawn, nachdem sie von ihrem Vater gezüchtigt wurde, weil sie sich zu lange mit ihrem Liebhaber herumgetrieben hatte – der, wie ich wohl zugeben muss, ich selbst war. Mein Herausgeber also, von dem ich eben sprach, dessen Augen vor Zorn blitzen und dessen Haar so sehr zu Berge steht, dass es den seltsamen Auswüchsen jenes karthagischen Elefanten ähnelt, den ich einst in den Alpen besiegte, indem ich ihn umstülpte, so dass er sich selbst mit seinen eigenen Stacheln zu Tode stach. Mein Herausgeber, der, wie ich befürchten muss, an einem Schlaganfall sterben wird, wenn ich nicht diese Abschweifung sofort beende, diese Klammer schließe und zum eigentlichen Thema zurückkehre, nämlich Wetten und Einwürfe. Um der Wahrheit die Ehre zu geben, ich finde diese Sache mit den Regeln mehr als nur ein wenig ermüdend, insbesondere jetzt, wo diese Portweinflasche leer ist. Ja, das war ein freundlicher Hinweis an meinen Herausgeber, obwohl ich bemerken muss, dass er nicht beachtet wird. Bitte? Was soll ich? Die Klammer schließen? Nun gut!)

*Aus so mancher Situation kann man sich nur
am eigenen Schopfe heraus ziehen.*

# Wetten und Einwürfe, zum Zweiten

Wie alle Menschen von wahrhaft noblem Ge-blüt wissen, gibt es so manche Wette und so manchen Einwurf, der niemals gemacht wer-den sollte.

Zunächst einmal darf kein Zuhörer die Fra-ge stellen: *„Aber Baron, seid Ihr nicht getötet wor-den?"* Es ist wohl offensichtlich, selbst für den größten Schwachkopf, dass der Erzähler nicht getötet wurde, denn schließlich ist er hier, um seine Abenteuer zu schildern, und falls ein sol-cher Einwurf gemacht werden sollte, darf der Erzähler die Münze des unverfrorenen Fragers einfach einstecken, und der Rest der Gesell-schaft zeigt dem stumpfsinnigen Kerl seine unverhohlene Verachtung. Ihn mit Gebäck zu bewerfen erscheint durchaus angebracht, aller-dings die Hunde auf ihn zu hetzen, mag auf die meisten eher ungeschlacht und überzogen wirken.

Des Weiteren würde niemand, wenn es an die Beleidigungen geht, die Erziehung oder den Stammbaum eines Edlen mit Schimpf und Schande überziehen oder seine Wahrhaftigkeit in Frage stellen. In klaren Worten ausgedrückt, Ihr dürft einen anderen Spieler niemals der Lüge bezichtigen (obwohl Ihr sicherlich seine Genau-igkeit in Frage stellen oder ihn an Fakten erin-nern dürft, die er vergessen haben könnte), Ihr dürft niemals bezweifeln, dass er edlen Geblüts ist, und Ihr dürft niemals seine Mutter belei-digen.

Wobei, eigentlich ist das nicht wirklich wahr: Ihr könnt all diese Dinge tun, wenn Euch danach ist, doch dadurch beweist Ihr lediglich Eure absolute Rüpelhaftigkeit, und der Person, der Ihr eine solche Ehrverletzung zugemutet habt, steht es frei, Euch auf der Stelle zu einem Duell zu fordern. Ich werde mich in Bälde mit dem Thema des Duells beschäftigen, einem Thema, in dem ich besonders versiert bin seit jenem Tag in Wien, als ich die 47. Husaren des Kaisers in eben jenem Moment beleidigte, als das gesamte Regiment unter meinem Fen-ster vorbei marschierte, so dass ich gezwungen war, mich mit allen auf einmal zu duellieren. Ich gebe zu, dass ich mich auf das Kapitel über Duelle besonders freue, aber wie ein gehorsa-mer Schüler muss ich zunächst mein Brot und meinen Käse essen, bevor ich mich der süßen Schokolade widmen darf. Nun denn! Es ist nicht weit bis dorthin.

Es mag seltsam erscheinen, dass der Wet-tende seinen Einsatz wieder an sich nimmt, wenn er seine Wette verliert, oder gleicherma-ßen, dass sein Einsatz verloren ist, wenn er sei-ne Wette gewinnt. Dies ist wirklich so, aber wenn der Wettende seinen Einwurf macht, so sagt er eigentlich: *„Ha, mein feiner Freund, hier ist ein schönes Häppchen, das du sicherlich nicht zu einem Teil deiner Geschichte machen kannst."*

Er sorgt also mit seiner Unterbrechung nicht nur für das Amüsement seiner Mitspie-ler, sondern bringt sicherlich den Kopf des Erzählers mit einem guten Einwurf zum Rau-chen, was seiner geistigen Beweglichkeit sicher-lich zuträglich ist.

Da es zudem beim Gewinn dieses Spiels um Geld geht und das Wetten die einzige Art ist, wie man Geld über den Tisch bewegen kann, ist es somit einleuchtend, wenn es beim Wetten darum geht, Wetten anzubieten, die man gewinnen kann - das heißt, um Dinge zu wetten, die der Erzähler nicht in seine Geschich-te einbauen kann und daher ablehnen muss.

Ein großer Erzähler wird aber von vorn herein seine Geschichte so aufbauen, dass sie dazu einlädt, möglichst viele Wetten abzugeben, die der Erzähler bereits erahnt hat. Hierin liegt die große Fertigkeit, die Ihr für mein Spiel braucht, oder wenigstens ein Teil dieser Fertigkeit, wobei ich über den anderen Teil in späteren Kapiteln sprechen werde.

Die geistig etwas Langsameren unter meinen Lesern brauchen sich jedoch nicht zu fürchten: ich werde mich bemühen, diese taktischen Finessen immer wieder zu erläutern, wenn sie denn im Spiel auftauchen, so dass sie die Genugtuung haben werden, zu wissen, wo diese Feinheiten auftauchen, wenn sie schon nicht den Verstand haben, sie im Spiel einzusetzen.

# Über die Notwendigkeit von Duellen

(Man sagte mir, dass es heutzutage Mode sei, diesen Teil der Regeln ein „Kampfsystem" zu nennen. Dabei handelt es ich jedoch um einen unschönen Begriff, der nachgerade von der Zunge stolpert und sich eher wie ein preußisches Handbuch über die Methoden elementaren Säbelfechtens anhört. Ich verabscheue ihn. Sollte derjenige, der diesen Begriff geprägt hat, Anstoß nehmen an meiner Abscheu vor ihm und seiner Wortschöpfung, so möge er mich herausfordern, und wir werden sehen, ob er irgend etwas von einem wirklichen „Kampfsystem" versteht, wenn ich seine Kleidung mit meiner Klinge in feinste Spitze verwandle.)

Wie ich bereits erwähnte, wenn während eines Einwurfs oder einer Wette ein Spieler die Wahrhaftigkeit, den Titel oder den Stammbaum eines anderen beleidigt, so hat der Angegriffene das Recht ... nein, die Pflicht, den unverfrorenen Missetäter zum Duell zu fordern. Dies wird unglücklicherweise zu einer Unterbrechung des normalen Spielflusses führen, aber das ist wohl unvermeidlich: wo die Ehre eines Edelmannes in Gefahr ist, da muss alles andere zurückstehen, bis er seine Ehre verteidigt hat.

Ein Kampf aus einem solchen Anlass ist ein gefährliches Unterfangen, das allen Beteiligten Armut, Verwundung, Tod oder - wohl die schlimmste aller möglichen Folgen - Hohn und Spott einbringen kann, aber er ist für einen Edelmann so unumgänglich wie ein Beefsteak für einen Engländer, Gold für einen Schweizer oder das Vermeiden von Bädern für einen Franzosen.

Die Regeln eines Duells sind so einfach wie einsichtig. Sobald die Beleidigung ausgesprochen wurde und der Entehrte Satisfaktion verlangt hat, müssen die beiden Duellanten Freunde oder Gefährten benennen, die als ihre Sekundanten dienen sollen, und sich auf eine Waffe einigen. Degen sind die traditionelle Duellwaffe, und man trifft sie wohl überall an, wo sich vornehme und gebildete Menschen befinden. Seit kurzem erfreuen sich in manchen Gebieten allerdings auch Pistolen einer gewissen Beliebtheit, wobei ich dies jedoch eher als unangemessen betrachte. Sodann begibt man sich auf einen geeigneten Hof oder Säulengang, wo der eigentliche Kampf stattfinden soll. Das Duell muss nur solange fortgesetzt

*Nutze den Streit der anderen, um Dir selbst zu helfen!*

werden, bis das erste Blut fließt oder einer der Gegner kampfunfähig ist, denn es handelt sich letzthin nicht um mehr als eine freundliche Meinungsverschiedenheit, wenn ich auch Duelle gesehen habe, die bis zum oder Tod geführt wurden und bei denen es dennoch nur um Dinge ging wie das Recht des ersten Schusses auf eine neuentdeckte Tierart wie den russischen Baumhirsch mit seinem einzigartigen Geweih (der allein vom Lärm der Herausforderungen so verschreckt wurde, dass er längst geflohen war, bis eine Entscheidung über sein Schicksal herbeigeführt werden konnte).

Da die Kunst des Duellierens in ganz Europa und allen anderen zivilisierten Gebieten des Globus verbreitet und allen Menschen guter Herkunft geläufig sind, muss ich hier wohl nicht weiter ausführen, dass ... obgleich, mein Herausgeber erinnert mich gerade daran, dass dieses Spiel ebenso für die ungewaschenen Hände und ungebildeten Augen der niederen Klassen gedacht ist wie für diejenigen von uns, die edleren Blutes sind.

Also muss ich notgedrungen wohl die Grundlagen der Kunst des Duellierens beschrei-

ben. Jeder Edelmann mit einem ererbten Rang und alle Männer, die als Offiziere in einer der besseren Armeen der Welt gedient haben (sagen wir, der preußischen, englischen, spanischen, italienischen oder auch der arabischen, äthiopischen, persischen – eigentlich, wenn ich darüber nachdenke, aller Armeen außer denen der Türken, Polen und Iren ... ja, selbst ein Franzose könnte diese grundlegenden Dinge erlernt haben), sollten unverzüglich bis zum nächsten Abschnitt fortschreiten. Der Rest von Euch, lest einfach weiter.

Die Fertigkeit des Duellierens ist eine anspruchsvolle Kunst, und man erwirbt sie gleichermaßen durch vortrefflichen Unterricht, gute Kinderstube, das richtige Blut und die Bereitschaft, etwas davon zu vergießen. Es gibt eine schier unendliche Zahl von Lehrbüchern über dieses Thema, welche zu kaufen ich jedem Neuling ans Herz legen möchte (wenn er es wirklich ernst meint mit dem Studium dieser edlen Kunst, würde ich ihm darüber hinaus raten, sie auch zu lesen). Das Anwerben eines oder mehrerer Lehrmeisters ist jedoch in jedem Fall notwendig, um einen angemessenen Grad an

28

Perfektion zu erreichen - ich empfehle einen deutschen Schwertmeister, um Brutalität zu lernen, einen Spanier, um zu erfahren, wie man das Flair eines wahren Meisters versprüht, und wenn es darum geht, ein Aufeinandertreffen zu überstehen, das fünf Tage andauert und letztendlich vom Regen beendet wird oder in einem Unentschieden endet, einen Engländer. Ihr solltet drei, vielleicht vier Jahre für Eure ersten Studien vorsehen und eine zusätzliche Dekade für die nötigen Übungen einplanen.

Naturgemäß muss man bei einem Duell mit allerlei Gefahren und Problemen rechnen. Eine Reihe rückständiger Staaten haben Duelle gar für illegal erklärt, und somit laufen Edelmänner an diesen Orten ständig Gefahr, von Menschen niederer Geburt unterbrochen zu werden, die mit Schlagstöcken und Haftbefehlen wedeln, was selbst den besten Duellisten aus dem Rhythmus zu bringen vermag. Ich habe bislang kein wirklich geeignetes Mittel gefunden, um mich gegen die Ignoranz dieser Menschen zu schützen, außer, mich an verborgenen Orten zu duellieren, den Kampf so schnell wie möglich zu beenden und immer einen Heißluftballon parat zu haben, für den Fall, dass ein schneller Ausweg von Nöten ist.

Ich hatte ursprünglich vorgehabt, an diesem Punkt abzuschweifen und mich mit dem Thema Sekundanten zu befassen, über ihre angemessene Auswahl zu reflektieren und die Probleme zu schildern, die man hat, wenn man morgens um zwei Uhr in Prag einen geeigneten Kandidaten für diese Rolle finden muss - eine brennende Frage, die mich seit meinem sechsten Geburtstag beschäftigt. Trotz des Mangels an geeignetem Lehrmaterial zu diesem Thema und den unzweifelhaften Vorzügen, die ein solches Kapitel diesem Buch gegeben hätte, wurde ich dazu überredet (gegen meinen ausdrücklichen Protest, möchte ich hinzufügen), diese Erläuterungen auszulassen, und zwar von demselben triefäugigen Herausgeber, der mich keine drei Absätze zuvor noch überzeugte, dass man ein Kapitel über diese Themen mit aufnehmen müsse. Ich muss wohl doch befürchten, dass sein Geist von billigem Gin und den Profiten seiner letzten Kitsch-Publikationen verwirrt wurde. Nichtsdestoweniger ist es meine Überzeugung, dass die Öffentlichkeit eine Abhandlung zu diesem Thema in Buchform sehen möchte, ausgeschmückt mit einer Reihe von Anekdoten und Geschichten über meine Tapferkeit als Duellist, und des weiteren illustriert von meinen Freunden, den Meistern Cruikshank und Doré. Wenn es Euch beliebt, werter Leser, so schreibt doch an meinen Herausgeber und fordert, dieses neue Werk zu sehen. Dessen Veröffentlichung wäre in doppelter Hinsicht abgesichert, wenn Ihr großzügig genug wärt, es im Voraus zu bezahlen: es geht um einen kleinen Obolus von nur drei Guineen, die Ihr Eurem Brief beifügen mögt - doch achtet darauf, dass Ihr den Umschlag gut verschließt und ihn einem vertrauenswürdigen Boten übergebt.

# Duelle für Feiglinge

Vielleicht seid Ihr von schwachem Blut oder weichem Fleisch, oder ängstlicher Natur. So Ihr eine Ausrede braucht, könntet Ihr auch vorgeben, dass Ihr es einfach nur eilig habt, das Spiel zu beenden, oder dass Ihr auf anwesende Damen Rücksicht nehmen wollt, die vom Anblick vergossenen Blutes schockiert sein könnten. Es kann natürlich auch sein, dass Ihr Euch beim Gedanken daran, einen edlen und heroischen Kampf zu führen, nicht länger befähigt seht, Eure Rolle weiterzuspielen und wieder zu dem gewöhnlichen Bauern werdet, der Ihr immer schon wart. Doch egal, wenn irgendeiner dieser Umstände auf Euch zutrifft, so dürft Ihr dem physischen Aufeinandertreffen eines Duells ausweichen.

Stattdessen könnt Ihr, wenn Ihr schon einen Edelmann spielt, auch gleich die Rolle eines Duellanten spielen, indem Ihr Euch eines einfachen Regelwerks bedient, das ich für eben diesen Zweck entworfen haben.

Nun, ich muss zugeben, obwohl ich sage, dass ich es „entworfen" habe, hat mich dieses Spiel in Wirklichkeit ein Einwohner des Hunde-Sterns gelehrt, den ich einst, weit entfernt von seiner angestammten Heimat, bei meinem letzten Besuch auf dem Mond getroffen habe. Er gab mir zu verstehen, dass die Hunde von den Sternen dieses Spiel von keinem geringeren Reisenden als dem großen Vasco da Gama erlernt haben, der auf seiner letzten Reise, die ihn eigentlich zur Insel Ceylon führen sollte, das vorgesehene Ziel um einige tausend Seemeilen verfehlte und unglücklicherweise über den Rand der Welt segelte. Nun, die Schuld daran tragen vermutlich die minderwertigen portugiesischen Seekarten, während die Portugiesen sicherlich dem Kompass die Schuld geben, oder dem Wind, dem Wasser, den Ceylonesen, der Form und Gestalt der Welt, dem Mond, einfach allem, was ihren eigenen Mangel an Kunstfertigkeit entschuldigen könnte.

Da Gama nannte das Spiel „Flasche - Glas - Kehle" (wie ich bereits erwähnte, war er Portugiese), und den Bewohnern des Hundesterns war es als „Knochen - Stock - Ball" bekannt. Ich hingegen werde es „Stein - Schere - Papier" nennen ... bitte? Mein Herausgeber berichtet mir soeben von einer seltsamen Fügung des Schicksals, dass nämlich das Spiel bereits unter diesem Namen der ganzen Welt bekannt sein soll und dass ich darum den oben stehenden Absatz löschen soll. Doch das werde ich nicht tun! Ich werde die Beschreibung der Herkunft dieses Spiels als Abhandlung über seine wahre Geschichte stehen lassen, und die Gelehrten mögen sich an meine wohldokumentierte Liebe für die Wahrheit erinnern, wenn sie irgendwelche Zweifel an meinen Aus-

führungen hegen. Nichtsdestotrotz muss ich zugeben, dass ich ein wenig missgestimmt bin und werde meine Laune zunächst mit einem herzhaften Abendessen aufbessern.

৯. ৯. ৯.

Ich kehre ausgesprochen erfrischt aus meiner Ruhepause zurück, obwohl ich zugeben muss, dass ich sehr tief in die Portweinflaschen des guten Lord Bootlebury geschaut habe (und noch tiefer in die lohfarbenen Augen seiner jüngsten Tochter, so groß und tiefgründig wie die Augen der Hirschkuh, die ich einst im Schwarzwald niederstreckte, indem ich sie mit Kuchen voll stopfte, wobei ihr Geschmack, wie ich zugeben muss, nicht wirklich davon profitiert hat ... der Geschmack der Hirschkuh, sollte ich wohl hinzufügen, um zu verhindern, dass unter meinen unreiferen Lesern unziemliche Gedanken aufkommen). Wie auch immer, ich bin ein wenig durcheinander und habe den Faden meines Schreibens verloren. Aber das macht nichts. Ich werde Euch stattdessen mit einer Geschichte über meine Reisen erfreuen, bis mir wieder einfällt, womit ich mich gerade beschäftigt habe, oder bis mein Herausgeber aus dem lautstarken Schlummer erwacht, dem er sich am anderen Ende des Tisches gerade hingibt, und mich daran erinnert, wo wir waren.

Ich erinnere mich an einen Winter vor einigen Jahren, als ich mich in die inneren Bereiche des russischen Reiches begab. Ich fand das Reisen auf dem Rücken eines Pferdes im Winter schon immer ziemlich unelegant; von daher unterwarf ich mich, wie ich es immer tue, den Traditionen des Landes, beschaffte mir einen einspännigen Pferdeschlitten und begab mich rasch nach Sankt Petersburg. Ich kann mich nicht mehr genau erinnern, ob es in Estland oder Jugemanland war, aber ich erinnere mich noch sehr genau, dass es in der Mitte eines öden Waldes war, wo ich einen schrecklichen Wolf erspähte, der sich auf die Jagd nach mir machte, mit aller Geschwindigkeit, die der

*Manchmal steckt mehr drin, als man zunächst glaubt ...*

rasende Winterhunger ihm verlieh. Er raste schon bald an meinem Gefährt vorbei. Es gab keine Möglichkeit zur Flucht! Ohne weiter darüber nachzudenken, legte ich mich flach in den Schlitten und ließ mein Pferd um seine und meine Sicherheit galoppieren.

Was ich mir gewünscht, jedoch weder erhofft noch erwartet hatte, geschah dann ganz plötzlich. Der Wolf kümmerte sich nicht im geringsten um mich, sondern sprang einfach über mich hinweg und stürzte sich voll ungezähmtem Hunger auf das Pferd. Er begann sofort den hinteren Teil des armen Tieres zu zerfetzen und aufzufressen, worauf es vor lauter Schmerz und Schreck nur noch schneller rannte. Solcherart unbemerkt und sicher hob ich meinen Kopf ein wenig, und voller Schrecken sah ich, dass der Wolf sich in den Körper des

Pferdes hineingefressen hatte; es würde nicht mehr lange dauern, bis er sich völlig in das Tier hinein gezwängt hatte, als ich die Gelegenheit nutzte und mit dem harten Ende meiner Peitsche nach ihm schlug.

Dieser unerwartete Hieb auf sein Hinterteil erschreckte ihn so sehr, dass er mit all seiner Kraft nach vorne schnellte. Der Kadaver des Pferdes fiel zu Boden, doch an seiner Stelle hing jetzt der Wolf im Geschirr, und während ich wieder und wieder mit der Peitsche auf ihn ein hieb, rasten wir beide mit voller Geschwindigkeit auf Sankt Petersburg zu, ganz entgegen unseren jeweiligen Erwartungen, und zur besonderen Verblüffung von ...

HA! Jetzt erinnere ich mich wieder! Wir sprachen übers Duellieren. Oder besser, ich sprach darüber, Ihr habt dabei etwas gelernt,

32

und mein Herausgeber machte sich über seinen Brandy her und unterbrach mich rüde und lautstark. Er ist ein überaus lästerlicher Mensch, aber er ist glücklicherweise gerade in seine Lieblingstaverne an der nächsten Ecke verschwunden, und ich kann in Ruhe fortfahren.

„Stein - Schere - Papier" ist der Name des Spiels. Auf Drei sollte jeder Teilnehmer seine Waffenhand zu einer Schere, einem Stein oder einem Blatt Papier formen. Die Regel besagt dabei, dass Schere Papier schlägt (sie schneidet es), Papier schlägt Stein (es wickelt ihn ein), und Schere schlägt Stein (sie schleift ihn ... nein, das stimmt ja gar nicht ... ach, fragt doch einfach einen Eurer Diener, wie man dieses vermaledeite Spiel spielt, wo es doch angeblich so bekannt sein soll!).

Die beiden hasenherzigen Duellanten müssen sich dreimal in diesem Spiel messen, wobei Unentschieden nicht gezählt werden, und der erste, der zwei Handgänge gewinnt, wird zum Sieger des „Duells" erklärt. Ich könnte noch mehr dazu sagen, aber ich werde keine weiteren Worte mehr auf dieses Thema verschwenden, ist es doch letztlich eh nur wichtig für Weichlinge und diejenigen, die Angst vor ein paar Tropfen Blut haben oder sich schämen, noch ein oder zwei Opfer mehr auf ihr Gewissen zu nehmen. Wirkliche Edelmänner kennen solche Bedenken nicht, vor allem nicht, wenn sie es mit Bauern oder Ausländern zu tun haben. So sage ich, spielt Eure Rolle in angemessener Weise, oder nehmt gleich ganz davon Abstand.

# Das Resultat eines Duells

Das Ergebnis eines Duells kann tödlich sein, selbst wenn Euch der Mut fehlt, es in angemessener Art und Weise auszufechten. Gehen wir jedoch davon aus, dass beide Gegner am Leben geblieben sind, so ergibt sich das folgende Nachspiel: der Verlierer muss seine ganze Börse an den Sieger übergeben und sich aus dem Spiel zurückziehen. Wenn einer oder gar beide Gegner ihr Leben verloren haben, dann sollten ihre Sekundanten diese Anweisungen ausführen. Ihre Prämie jedoch - sofern sie eine solche bekommen sollten - bleibt davon unberührt.

Ein abschließendes Wort zu Duellen: es gilt als unsportlich, jemanden zu einem Duell zu fordern oder eine Herausforderung auszusprechen, sobald alle Geschichten zu Ende erzählt wurden und die Prämien ausgegeben und empfangen werden.

Dabei fällt mir übrigens ein besonders erinnerungswürdiges Spiel ein, das ich einst mit einer Mannschaft dunkelhäutiger Piraten hatte, während wir alle im Bauch eines mächtigen Seeungeheuers festsaßen, das uns bedauerlicherweise alle miteinander verschluckt hatte - ein nicht allzu ungewöhnliches Vorkommnis, wie ich von meinen Unterhaltungen mit so manchem abenteuerlustigen Seefahrer weiß, jedoch insofern bemerkenswert, als wir gerade das Matterhorn erklommen, als wir gefressen wurden.

Wir hatten gerade das Ende des Spiels erreicht, und wie es nicht anders zu erwarten war, stapelten sich die Münzen meiner Prämie vor mir, als der Piratenkapitän, verärgert darüber, dass er mit der Erzählung seiner waghalsigen Taten unterlegen war, seinen Säbel zog und mit einem unsäglichen Fluch auf den Lippen nach meinem Schädel hieb. Ich trat beiseite, und die Klinge schnitt durch die Milz des Ungeheuers, auf der ich eben noch gesessen hatte und die nun solche Mengen übelriechender Galle ausstieß, dass ...

Doch leider muss ich Euch das Ende dieser Geschichte vorenthalten, denn mein Herausgeber, der gerade aus der Schenke zurückgekehrt ist, mit dem Geruch des Zapfbiers im Atem und dem Rouge der Schankmagd auf den Lippen, erinnert mich daran, dass der Termin, an dem ich dieses Werk in seine Hände geben muss, immer näher rückt und dass mir nicht mehr allzu viele Seiten bleiben und ich somit unverzüglich meine Abschweifungen beenden soll. Wie ich schon früher erwähnte, sollte jemand unter meinen Lesern das Ende dieser oder einer anderen Geschichte hören wollen, so werde ich sie ihm gerne erzählen, während ich als sein Gast zum Abendessen in seinem Club weile.

Nun muss ich also gezwungenermaßen erklären, wie man eine Geschichte zu Ende bringt und wie man dieses Spiel gewinnt, wobei - fürchtet Euch nicht, werter Leser, ich habe es nicht vergessen - ich auch erklären werde, was eine „Prämie" ist.

# Das Ende einer Erzählung

Meiner Erfahrung nach sollte eine gute Geschichte nicht länger als fünf Minuten dauern; jenseits davon werden die Zuhörer gelangweilt und gleichgültig, reden untereinander, werfen mit Gebäck, spielen Würfel oder Karten, rufen nach Musikern und tanzen auf den Tischen, verführen die Gastgeberin, verteilen aufrührerische Schriftstücke und planen Landkriege in Asien; kurz, sie beschäftigen sich mit allerlei Ablenkungen, die selbst den gewieftesten Erzähler aus dem Tritt bringen würden - vor allem, wenn er selbst ein Auge auf die Gastgeberin geworfen hat.

Der Erzähler muss daher seine Geschichte innerhalb dieser Zeit zu einem natürlichen Ende führen, und das auf eine Art, die seinen Zuhörern die größte Freude bringt und das meiste Erstaunen abverlangt. Nach diesem Höhepunkt ist die Geschichte dann endgültig vorbei, und die Zuhörerschaft sollte darauf mit einigen aufrichtigen „Hussa!" antworten, gerne auch mit Ausrufen wie „Meiner Treu, Baron, das ist sicherlich das bemerkenswerteste Abenteuer, von dem ich jemals gehört habe, und ich möchte mit Euch darauf anstoßen! Wirt, bringt mehr Wein!"

Es ist jedoch dem erfahrenen Auge eines Soldaten, wie ich es bin, nicht entgangen, dass es immer wieder Geschichtenerzähler gibt, die entweder nicht erkennen, wenn ihre Geschichte beendet ist und die deshalb immer weiter reden, bis zum Sanktnimmerleinstag oder wenigstens, bis aller Wein verbraucht ist. Es gibt aber auch diejenigen, die so wenig Talent als Erzähler besitzen, dass Ihre Zuhörerschaft nicht erkennen kann, wenn sie ihre Geschichte beendet haben. Ich habe all mein militärisches Denken diesen beiden Problemen gewidmet, und die Lösungen, zu denen ich gekommen bin, werdet Ihr im folgenden finden (wobei ich die etwas harschen Methoden, die mancher osmanische Teilnehmer vorgeschlagen hat, doch für etwas überzogen halte).

Wenn ein Erzähler seine Geschichte beendet und sich niemand findet, „Hussa!" zu schreien, da alle in tiefen Schlaf versunken oder anderweitig beschäftigt sind, dann sollte er der

Gesellschaft mitteilen, dass er zu einem Ende gekommen ist, indem er aufsteht und lautstark ausruft: *„Dies ist meine Geschichte, wahr bis auf das letzte Wort, und wenn irgendjemand dies bezweifelt, so werde ich ihn ein ganzes Fass Brandy auf einen Zug trinken lassen!"* Dies mag der Gesellschaft als Signal dienen, durch die Lautstärke, wenn nicht durch die Worte, dass eine Geschichte ihr Ende gefunden hat und dass sie sich aus der Erstarrung befreien sollen, die eine uninteressante Erzählung bisweilen auslöst. Sodann sollen sie wenigstens ein paar halbherzige *„Hussa!"* ausrufen, um dem Erzähler zu zeigen, dass sie erkannt haben, dass seine Geschichte ein Ende gefunden hat.

Wie auch immer jedoch eine Geschichte endet, sobald die üblichen Trinksprüche für diese Gelegenheit ausgebracht wurden (auf die Geschichte, auf den Erzähler, auf den Gastgeber, auf den König, auf die schönste Frau im Raum, auf die zweitschönste Frau im Raum, auf die schönste Frau in der just gehörten Geschichte, auf abwesende Freunde und auf alle anderen wichtigen Dinge), sollte sich der Edelmann, der soeben seine Erlebnisse berichtet hat, an seinen Nachbarn zur Rechten wenden und ihn in interessiertem Tonfall zu einer neuen Geschichte aufzufordern (dieses Interesse nicht zu zeigen oder zu heucheln darf als grobe Beleidigung betrachtet werden und kann zu einem für den einen oder anderen Teilnehmer höchst bedauernswerten Duell führen, oder zu einem harmloseren Gebäck-Wettwerfen, oder zu irgendeiner anderen unnötigen Ablenkung vom eigentlichen Thema des Beisammenseins). Eine solche Aufforderung mag beispielsweise so lauten: *„Nun, Baron, erzählt uns doch die Geschichte, wie Ihr ..."*

Und wie am Anfang des Spiels sollte nun ein geeignetes Abenteuer als Thema gewählt werden, sei es nun eine meiner eigenen Eskapaden oder eine Begebenheit aus dem Anhang dieses Buches oder eine Eurer eigenen Erfahrungen und Fantasien. Die angesprochene Person sollte den Faden der Erzählung aufnehmen und wie oben beschrieben fortfahren, wobei die anderen Spieler ihn mit Einwürfen, Wetten, Unterbrechungen, Duellen und anderen Dingen aus dem Konzept bringen können.

Wenn jedoch ein Erzähler so sehr in seiner eigenen Geschichte versunken ist, dass er nicht einmal bemerkt, dass seine Zuhörer schon lange jegliches Interesse verloren haben und sich stattdessen mit Hahnenkämpfen oder anderen Dingen beschäftigen, so darf jedes Mitglied der anwesenden Gesellschaft ihn an einer geeigneten Stelle unterbrechen. Dies könnte etwa mit den folgenden Worten geschehen:

*„Das erinnert mich an ein Erlebnis, das unserem Freund, dem ehrenwerten Baron ... (an dieser Stelle nennt er den Namen des Edelmannes zur Rechten des aktuellen Erzählers) ..., widerfahren ist, als er ... "*

Sodann trägt er ihm eine neue Geschichte an, die er erzählen soll. Zusätzlich muss er eine Münze nach vorne schieben. Wenn andere

Mitglieder der Gesellschaft mit ihm einer Meinung sind, so fügen sie der ersten Münze eine eigene hinzu, und wenn die Hälfte der anwesenden Edelleute zustimmen, sollte der Mantel des Erzählers weitergereicht werden, und der neue Erzähler fährt mit der Schilderung seiner Erlebnisse fort. Der vorherige Erzähler, überwältigt von Scham und Gesichtsverlust, darf das Geld seiner eigenen Börse hinzufügen, um wenigstens eine gewisse Wiedergutmachung für seine peinliche Vorstellung zu haben.

Wenn jedoch weniger als die Hälfte der Zuhörer ihre Unzufriedenheit mit dem Einsatz von Münzen untermauern, so sollte das eingesetzte Geld an die Schankmagd gehen, auf dass sie mehr Wein bringen mag.

Ich sehe gerade, dass ich es bislang versäumt habe, die Natur der Prämien zu erklären. Seid beruhigt. Ich habe noch einige Seiten vor mir, und ich bin sicher, ich werde schon im nächsten Kapitel dazu kommen.

# Das Bestimmen eines Siegers

Wenn alle Teilnehmer ihre Geschichten zum Besten gegeben haben, sollte man sich einen Moment der Ruhe gönnen. Lehnt Euch in Eurem Stuhl zurück und gestattet der Schankmagd, Euer Glas noch einmal zu füllen. Denkt noch einmal über die Erzählungen nach, die Ihr gerade gehört habt, und entscheidet für Euch selbst, welche Euch am meisten zugesagt hat. Wenn Ihr Euch selbst als Gelehrten betrachtet, so möchtet Ihr vielleicht diese Angelegenheit mit den anderen Edelleuten besprechen, wobei Ihr Euch selbstverständlich auf die *Ars Poetica* Aristoteles' beziehen werdet oder auf die letzten Kritiken des großen Poeten Dryden.

Oder vielleicht seht Ihr auch keinen Sinn darin, dann lasst es eben. Es ist nicht wirklich wichtig, wie Ihr dies handhabt.

Während Ihr so debattiert, sei es mit Eurem eigenen Gewissen oder mit Euren Kameraden, zählt die Münzen, die Ihr in Euren Börsen habt. Diese werden nun zu den Zeichen, mit denen die Mitglieder Eurer Gesellschaft entscheiden werden, welche Geschichte die beste ist, die außergewöhnlichste, die erinnerungswürdigste und authentischste, die heroischste, die Geschichte, die ihren Erzähler im besten Licht zeigt. Oder um es mit den Worten des gemeinen Volkes auszudrücken, jeder stimmt für einen Sieger.

Beginnend mit dem ersten Erzähler des Spiels, und von dort aus reihum und nacheinander, wird jeder Teilnehmer seinen Stapel Münzen zur Hand nehmen und etwas sagen wie das folgende: „*Werte Herren, ich habe noch nie eine solch überraschende Vielfalt an Geschichten gehört, aber bei meiner Ehre, die Erzählung des Freiherren von ...* (hier nennt er den Namen des Edelmannes, dessen Anekdote ihm am besten gefiel) *... ist die erstaunlichste, die ich je gehört habe!*" Falls Ihr englischer Herkunft seid, fügt Ihr eventuell noch ein „*'Pon my soul!*" hier ein, aber glücklicherweise betrifft das die wenigsten von uns.

(Mein Herausgeber protestiert hier, ob meiner besonderen Erwähnung seines Landes. Ich muss also meine Ausführungen gezwungenermaßen einen Moment unterbrechen, während ich ihn zum Schweigen bringe, indem ich sein Glas mit dem letzten Rest Cognac seines Vaters auffülle.)

Mit diesen Worten legt er seine komplette Börse vor den Edelmann, den er gerade benannt hat. Es muss sich dabei immer um seine komplette Börse handeln; es schickt sich nicht für einen Edelmann, seine Wetten aufzuteilen oder seine Gunstbezeugungen zu weit zu streuen. Der Empfänger dieser Zuwendung darf die Münzen nicht zu seiner eigenen Börse hinzufügen. Seid nicht voreilig, lasst sie einfach liegen, wo sie sind. Wir nennen diese Münzen die „Prämie", aus Gründen, die ich momentan aus Langeweile lieber nicht erklären möchte.

Sobald jeder Spieler seine Stimme abgegeben und seine Prämie verteilt hat (und ich sollte wohl die Faulpelze, Bauern und gewöhnlichen Leute unter meinen Lesern darauf hinweisen, dass kein wahrer Edelmann auf die Idee käme, für sich selbst zu stimmen), sollte jeder Spieler die Münzen zählen, die man ihm und seiner Geschichte zugedacht hat (natürlich *sotto voce*, denn es gibt wohl kaum etwas Peinlicheres als einen Edelmann, der nur laut zählen kann, und wenn Euer Wissen um die Kunst der Numerologie sich nicht jenseits der Fünf erstreckt, so solltet Ihr besser sofort jeden Gedanken daran vergessen, dieses Spiel zu spielen, und Euch lieber einen besser zu Eurer Natur passenden Zeitvertreib suchen, zum Beispiel Rüben anbauen, Bären jagen oder einen Krieg mit den Türken anfangen).

# Das Ende des Spiels

Der Spieler mit der größten Prämiensumme wird zum Sieger erklärt. Alle Teilnehmer lassen ein donnerndes „*Hussa!*" erschallen, und es wird eine neue Karaffe Wein bestellt, um auf die Gesundheit des Siegers anzustoßen. Es ist nach den Gesetzen der Etikette allgemein bekannt, dass der Sieger diesen Wein bezahlen muss, und es ist auch weithin bekannt, dass das Geld, welches er an Prämien erhielt, selten ... nein, eigentlich nie ausreicht, um diesen Wein zu bezahlen. Aber das macht nicht wirklich etwas aus: wir sind schließlich Edelleute, und wir übersehen solche Nichtigkeiten wie faire Bezahlung, Geld et cetera. Darüber hinaus wird das süße Aroma des Sieges den sauren Geschmack der Rechnung für einen so gelungenen Abend mehr als übertönen, wenn der Schankwirt den Lohn für seine Mühen verlangt. An diesem Punkt ist das Spiel vorbei.

Sollte die Mehrheit der versammelten Gesellschaft es wünschen und nicht bereits zuviel Geld verprasst oder zuviel Wein getrunken haben, so kann man nun eine zweite Runde beginnen. Der Sieger der vorherigen Runde - als der edle Spender, der zuletzt die Gläser seiner Trinkgefährten wieder aufgefüllt hat - soll diese weitere Runde mit einer Geschichte beginnen.

Der Fairness halber sollte es jedoch vor einer neuen Runde allen Teilnehmern gestattet sein, ihre Börse wieder auf den üblichen Anfangswert aufzufüllen, auch und vor allem dem Sieger der letzten Runde, der ja seine Prämie hoffentlich vollständig für das Wohlbefinden seiner Kameraden eingesetzt hat. Und wenn solchermassen wieder gleiche Vorbedingungen herrschen, mag der neue Wettbewerb der Geschichten beginnen.

# Ein Wort zur Taktik

Es sollte klar sein – und wahrscheinlich wird es den intelligenteren unter meinen Lesern und jenen von besserer Geburt auch schon länger klar sein –, dass man mein Spiel auf zwei Arten spielen kann.

Zunächst einmal kann man versuchen, mit gewiefter Strategie und besonderer Arglist vorgehen, um so vielen Mitgliedern der versammelten Gesellschaft soviel Geld wie irgend möglich abzunehmen, um den größten Geldstapel überhaupt zu bekommen.

Des weiteren kann man aber auch einfach die beste Geschichte von allen zum Besten geben, mit den absonderlichsten Situationen und seltsamsten Vorkommnissen (wie bei dem Löwen, der einst auf der Jagd nach mir in das Maul eines Krokodils sprang und die Echse dann von innen nach außen verspeiste, worauf er so satt war, dass ich entkommen konnte).

Natürlich sollten alle Spieler darauf abzielen, die beste Geschichte zu erzählen, denn das ist die einzige Möglichkeit, das Spiel zu gewinnen. Wenn Ihr versucht, strategisch zu spielen, um möglichst viel Geld anzuhäufen, dann, so kann ich Euch versichern, werdet Ihr das Spiel mit an Sicherheit grenzender Wahrscheinlichkeit verlieren; zum einen, weil Euer Stapel an einen anderen Spieler weitergegeben werden muss, zum anderen, weil Ihr Euch sicherlich den Unmut Eurer Gefährten so sehr zugezogen habt, dass keiner von Ihnen für Euch entscheiden wird, wenn es darum geht, den Sieger zu bestimmen. Allerdings könnt Ihr Euch mit dieser Taktik wenigstens selbst die Ehre verschaffen, derjenige zu sein, der entscheidet, welcher andere Spieler das Spiel gewinnt.

Man sollte außerdem erwähnen, dass, obwohl mancher Edelmann dafür bekannt ist, liederlich mit seinem Geld umzugehen (und seine Söhne sich oft noch mehr darin beweisen), es dennoch ausgesprochen unfair ist, die eigene Börse vor dem Ende des Spiels zu leeren. Noch schlimmer ist es jedoch, wenn man sein Geld weggibt, bevor man die Gelegenheit hatte, sich als Geschichtenerzähler zu versuchen. Ohne eigene Münzen kann man keinen seiner Gefährten unterbrechen, eine Unterbrechung der eigenen Geschichte nicht zurückweisen und auch keine Stimme für den Sieger abgeben. Und da es unter der Würde eines wahren Edelmannes ist, zu betteln oder zu stehlen, wäre der einzige Weg, neues Geld zu erlangen, eine besonders gelungene Geschichte zu erzählen, die viele Unterbrechungen herausfordert, die Ihr dann mit der Geschicklichkeit Eurer Zunge abwehren könnt. (Ich spüre das Verlangen, hier ein

wenig über die Geschicklichkeit verschiedener Zungen zu reden, wie ich sie erlebt habe, doch ich werde der Versuchung widerstehen.)

Ein letzter Hinweis noch: solltet Ihr weibliche Wesen in Eurer Runde zulassen, so rate ich Euch davon ab, am Ende einer Runde für die Dame Eures Herzens zu votieren, und ebenso wenig für ein Mitglied Eurer Gesellschaft, von dem Ihr Euch angezogen fühlt. Nach meiner Erfahrung führt ein solches Vorgehen kaum einmal zum Erfolg, und außerdem werden die anderen Spieler Euer liebestrunkenes Verhalten bemerken und sich noch nach Wochen über Eure noble Geste lustig machen.

# Abschließende Worte

Auf den zurückliegenden Seiten habe ich drei Dinge versucht.

Zunächst einmal ... was ist nun schon wieder, Mann?

Ich muss Euch um Verzeihung bitten. Ich hatte gedacht, dass wir die gesamte Strecke bereits hinter uns gebracht haben, doch mir wurde soeben ins Ohr gelallt, dass ich ein Kapitel ausgelassen habe, welches zu schreiben ich aber durch meinen Vertrag verpflichtet bin.

Also wird mein geliebtes, bequemes Bett noch einen Moment auf mich warten müssen, doch ich werde wahrhaftig froh sein, wenn es mir gelungen ist, dieses Spiel endlich zu beenden. Solche Dinge sind für ein edles Temperament wie das meine nicht förderlich. Doch zumindest erklärt dies, warum nur so wenige Herausgeber jemals in die Ränge des Adels erhoben wurden.

# Hintergrund

Ich möchte an dieser Stelle erklären, dass mir dieses Kapitel aufgezwungen wurde: mein Herausgeber bestand darauf, dass solche Dinge heutzutage vom Schöpfer eines Spiels erwartet werden. Doch selbst bei größtem Nachdenken fiele mir kein Grund ein, warum sich jemand nach meinem Hintergrund erkundigen sollte: ich bin ein Edelmann und ein Münchhausen, und diese Fakten, die mir als Passierschein über alle Grenzen und in die Königshäuser von ganz Europa dienen, sind sicherlich auch an dieser Stelle ausreichend.

Ah! Man eröffnet mir gerade, dass man glaubt, ich hätte nicht verstanden, worum es hier eigentlich geht. Natürlich ist dem nicht so, obgleich ich zugeben muss, die Absicht meines Herausgebers vielleicht absichtlich ein wenig missverstanden zu haben. Trotzdem, ich schlage vor, wir benennen dieses Kapitel in „Geschichtlicher Hintergrund" um und fangen noch einmal von vorn an.

*Bei aller Tapferkeit, rechne stets mit dem Feind im Hinterhalt!*

# Geschichtlicher Hintergrund

Viel besser.

Wir befinden uns natürlich, wie jedes Kind weiß, im 18. Jahrhundert, und sicherlich hat es niemals eine schönere Zeit gegeben, um zu leben. Die Renaissance liegt hinter uns, die Macht der Kirche schwindet, und Europa ist endlich als zivilisiert zu bezeichnen. Die Türken stehen in Konstantinopel (wo ich selbst schon gegen sie gekämpft habe) und eigentlich auch sonst fast überall, die Franzosen machen mal wieder Ärger, Schweden wird immer schwächer, die Russen fallen immer wieder mal über die Krim her, der König von England ist sowohl ein Deutscher als auch verrückt – beides gute Voraussetzungen, um über das Inselreich zu regieren – und irgendwo jenseits des Atlantischen Ozeans halten sich ein paar Kolonisten allmählich für ein wenig zu wichtig.

Das größte Wunder dieses Zeitalters ist ohne Frage der wunderbare Heißluftballon der Gebrüder Montgolfier, der Mensch und Tier sicher und leicht hoch in die Luft tragen kann, sie über Städte, Flüsse, Wälder und Berge bewegt; manche behaupten gar, er könne bis zum Mond selbst aufsteigen. Ich bin mir hingegen sicher, dass die Brüder den Ballon nur erfunden haben, um mit ihm Frankreich endlich verlassen zu können, ohne dass sie jemand aufhalten könnte.

Und wo wir gerade von Frankreich reden, dort gibt es gerade große Probleme mit kleinen Männern mit hohen Hüten, die beim Versuch, den Adel auf ihr eigenes Niveau herabzuziehen, den besten Bürgern ihres Landes die Köpfe abgeschlagen haben. Dies hat zu mancher unglücklichen Eskapade junger Adliger geführt, die sich selbst und anderen ihren Edelmut beweisen wollten, indem sie den jüngeren und schöneren Mitgliedern der französischen Gesellschaft ein solches Schicksal ersparen, und die dabei häufig, auf welchem Weg auch immer, ihren Kopf verloren haben.

Diese Ereignisse haben jedoch auch dazu geführt, dass es zu einem bedauerlichen Überschuss an Franzosen in den Kaffeehäusern und Salons der anderen Hauptstädte Europas gekommen ist. Es ist jedoch unser Glück, dass diese Umwälzungen nicht dazu geführt haben, dass der Nachschub an feinen Weinen aus den Pressen und Kellern dieses ansonsten armseligen Landes versiegt ist.

Wissenschaft, Forschung und Philosophie machen große Schritte vorwärts. Die Franzosen haben ein rationelles System geschaffen, mit dem sie alles messen wollen; sie haben es das „metrische System" genannt, doch das wird wohl niemals jemanden wirklichen interessieren.

Vor kurzem wurde ein Kontinent namens Australien entdeckt, und diesen nutzt man heute, um sich aller unerwünschten Elemente Europas zu entledigen.

Ein junger Engländer namens Watt hat kürzlich einen riesigen Kessel erschaffen, der eine ganze Fabrik antreiben kann – ich vermute, indem er genügend heißen Tee darin kocht, um die Arbeiter bei Laune zu halten. Ein anderer junger Mann namens Stevenson hat angeblich einen solchen Kessel auf Räder gestellt, mit dem man Kühe erschrecken und Mitglieder des Parlaments über den Haufen fahren kann. Dabei handelt es sich bestimmt um ein Unterfangen, dem man Applaus spenden darf.

Die Abkömmlinge niederer Stände, die glauben, dass Geld ein annehmbarer Ersatz für eine edle Geburt ist, haben diese Innovationen rasch ausgenutzt und bauen Fabriken, in denen Baumwolle von einer Frau namens Jenny gesponnen wird (wie diese „Spinning Jenny" alle Fabriken gleichzeitig mit ihrer Anwesenheit beglücken konnte, ist mir ein Rätsel, und was sie dort genau tat, um die Arbeiter zu mehr Leistung anzuspornen, ist eine Sache, die ich nicht mal ansatzweise wissen möchte; solcherlei Gedanken sind einem Münchhausen zu profan).

Jedoch zurück zum Thema Geld: um mehr mit seinen Feldern zu verdienen, hat irgendein Narr in Norfolk die ganze Jagdsaison im letzten Winter verdorben, als er die brachliegenden Felder umgepflügt und Rüben darauf angepflanzt hat (er nennt es „Feld-Rotation", doch bei meiner Ehre, ich habe noch nie ein Feld gesehen, das sich drehte).

Die letzte seltsame Idee in London war der Handel mit Papieren, auf denen Versprechungen stehen, dass irgend jemand gegen diese Scheine Gold zahlen würde (doch dies wird sicherlich keine Zukunft haben, Papier ist schließlich kein Ersatz für harte Münzen), und in manchen Kaffeehäusern konnte man weitere Papiere kaufen, die dem leichtgläubigen Käufer Reichtum aus der Südsee versprachen. So mancher gierige Emporkömmling soll dabei Geld und Gut verspielt haben. Doch um ehrlich zu sein, ich finde, es geschieht ihm recht; er hätte nicht versuchen sollen, sich über seinen angestammten Platz in der Natur der Dinge zu erheben.

Ich gebe zu, ich verstehe nichts von all dem, aber es scheint so, als würde Britannien irgendeine Art von größerem Königreich aufbauen, das, warum auch immer, auf Handel, Geld und Wurzelgemüse aufbaut. Gott möge uns allen beistehen!

# Abschließende Worte

Auf den zurückliegenden Seiten habe ich drei Dinge versucht.

Zunächst einmal wollte ich ein wenig Aufregung in das Leben meiner Leser bringen, so dass sie meine erstaunlichen Abenteuer noch besser würdigen können.

Des Weiteren wollte ich den niederen Schichten einen kleinen Einblick geben, wie die besseren Menschen leben, agieren und denken, um ihnen zu verdeutlichen, warum wir ihnen überlegen sind, damit es hoffentlich nicht wieder zu solchen sinnlosen Ausbrüchen unangenehmer Vorkommnisse wie kürzlich in Frankreich kommen mag.

Und letztendlich, indem ich Euch eine Möglichkeit gegeben habe, mich selbst und meine Abenteuer auf diese Art zu erleben, hoffe ich, dass ich den Funken der Abenteuerlust wieder wecken kann, der in der Seele jedes Mannes glüht – und in der einiger weniger Frauen, wobei es jedoch meine Auffassung ist, dass zuviel Abenteuerlust für eine Frau nicht gut sein kann.

In der letzten Zeit wurde dieser Funke allzu sehr durch dümmliche Aktivitäten wie Theaterbesuche, das Lesen von Romanen und das Spielen von Whist erstickt. Hört auf damit, Euch immer nur der Früchte der Vorstellungskraft anderer zu bedienen; stattdessen nutzt die Visionen großer Taten, die mein Spiel Euch auf die Lippen gelegt hat, um Euch anzuspornen, wieder selbst große Gedanken und große Taten zu verwirklichen.

Jedes Wort, das ich niedergeschrieben habe, ist die reinste Wahrheit (bis auf drei, nämlich „Helen", „Amontillado" und „Dienstag"), und ich bin kein wirklich außergewöhnlicher Mann. Ich habe lediglich das Glück gehabt, in außergewöhnlichen Zeiten zu leben; jeder Mann von noblem Geist, der in Zeiten wie der meinen lebt, hätte dasselbe erreichen können. Meine Taten sind nur deshalb weithin bekannt geworden, weil ich, wie manche sagen würden, die Unart habe, nach einem oder zwei Gläsern guten Weins ein wenig mit ihnen anzugeben.

Und ich bin sicher, dass auch Ihr, werter Leser, die Fähigkeiten habt, ebenso bedeutende Abenteuer wie die meinen zu erleben, wenn Ihr Euch nur Ziele steckt, die weit genug reichen.

Ein Mann, so sagt man, kann die Welt verändern. Ich denke nicht, dass ich soviel erreicht habe (gut, vielleicht habe ich die Welt das eine oder andere Mal gerettet, aber das ist dann doch noch etwas anderes), aber die Fähigkeiten, dies zu tun, schlummern in jedem von Euch dort draußen. In der Tat, ich bin mir sicher, dass auch Ihr in der Lage seid, alles zu erreichen, bis auf eines. Ihr werdet niemals, so muss ich Euch leider mitteilen, eine Liebesnacht mit der Zarin von Russland verbringen kön-

nen, denn ihre Ehre steht unter meinem Schutz. Und werte Herren, seid Euch gewiss, erwischte ich Euch jemals in ihrer Nähe, so müsste ich Euch eine Abreibung verpassen, die sowohl Eure Füße als auch andere, nördlichere Körperteile so in Mitleidenschaft ziehen würden, dass Ihr weder stehen noch sitzen könntet. Wenn Ihr also nicht einen ganzen Monat damit verbringen wollt, in einem Meter Höhe über dem Boden zu schweben, weil Ihr Euch ansonsten nicht zu helfen wisst, hört auf meine Warnung.

Ansonsten aber steht Euch eine ganze Welt offen, die Ihr nur wiederentdecken müsst. Benutzt Euren Geist, bedient Euch Eurer Fantasie, und stürzt Euch in all die Abenteuer, die sich vor Euch auftun.

Seid nicht allzu betrübt, wenn Eure Erlebnisse sich nicht mit den meinen messen können; schließlich kann nicht jeder ein so großer Abenteuer wie ich sein, und nicht jeder kann einen so ruhmreichen Namen tragen. Doch vielleicht wird die Welt bald Euren Namen genauso voller Ehrfurcht und Ehrerbietung aussprechen wie den meinen; es liegt nur an Euch!

*gez. Hieronymus Karl Friedrich*
*Freiherr von Münchhausen*

# Über die Autoren

*Hieronymus Karl Friedrich Freiherr von Münchhausen* war der größte Abenteurer und Geschichtenerzähler, den die Welt je gekannt hat. Er starb im Jahre des Herrn 1797.

*James Wallis* ist der Präsident von HOGSHEAD PUBLISHING LTD, ausserdem ehemaliger Chef-Redakteur eines Internet-Magazins, Fernseh-Moderator und Journalist für die SUNDAY TIMES. Dies ist sein zehntes Buch und zweites Spiel.

*Derek Pearcy* war verantwortlich für das Magazin **Pyramid** und die amerikanische Ausgabe des Rollenspiels **In Nomine**, beide für STEVE JACKSON GAMES. Er arbeitet außerdem an einem neuen Rollenspiel namens **Bloodlust**.

*Michael Cule* ist Schauspieler, seine bekannteste Rolle war die einer Vogon-Wache in der Fernsehfassung von *The Hitchhiker's Guide to the Galaxy*. Außerdem sah man ihn im Film Killer Tongue explodieren.

*Ralf Sandfuchs* ist einer der beiden Gründer von KRIMSUS KRIMSKRAMS-KISTE. Neben seiner täglichen Arbeit als Programmierer hat er über die Jahre eine Reihe von Rollenspielbüchern und Kartenspielen veröffentlicht und ist nebenbei noch für mehrere Spielmagazine tätig.

*Gustav Doré* war der großartigste Illustrator des neunzehnten Jahrhunderts und ist insbesondere für seine Stiche mit Szenen aus der Bibel und Dantes Inferno bekannt. Er starb 1883.

*George Cruikshank*, Künstler und Karikaturist, lebte und arbeitete in London, wo er unter anderem einen Cartoon zeichnete, der letztendlich dazu führte, dass die Todesstrafe für das Fälschen von Banknoten abgeschafft wurde. Er starb 1878.

*Beflügelt vom Wind des wachen Geistes ist kein Ziel unerreiohbar ...*

# Der erste Anhang

## Werter Freiherr, erzählt uns ...

... wie Ihr zufällig die Quellen des Nils gefunden habt.

... von Eurer Entdeckung, dass das Verschlucken von Fröschen Lepra heilen kann.

... wie Ihr den gleichzeitigen Angriff eines Löwen und eines Krokodils überlebt habt.

... wie Euer Jagdhund Oswald sieben Hasen auf einmal fing.

... wie Ihr die Welt umsegelt habt, ohne auch nur Euer Haus zu verlassen.

... wie Ihr die Kaiserin Frankreichs von Ihrem Schluckauf geheilt habt, während Ihr auf der anderen Seite des Ärmelkanals weiltet.

... wie Ihr es überleben konntet, von einem Wal verschlungen zu werden, und was Ihr in seinem mächtigen Bauch gefunden habt.

... wie es Euch gelang, den Mond mit nichts anderem als einem zehn Meter langen Seil zu erreichen ... und wie Ihr von dort zurückgekommen seid.

... von dem seltsamen Ereignis, als Euch Euer Pelzmantel auf dem Weg nach Köln angegriffen hat.

... wie Ihr versehentlich den amerikanischen Unabhängigkeitskrieg ausgelöst habt.

... wie Ihr dem Kerker des Herrschers des Osmanischen Reiches entkommen konntet und wie Euch ein Laib holländischen Käses dabei geholfen hat.

... wie Ihr den König von Sardinien dazu überreden konntet, Euer Diener zu werden.

... von dem Moment, als Ihr einen Elefanten geboren habt.

... von Eurer Begegnung mit einer treibenden Insel in der Sargasso-See.

... von der Gelegenheit, als Ihr Euch gleichzeitig mit einem ganzen Regiment französischer Husaren duelliert habt.

... wie es geschehen konnte, dass Ihr Helena von Troja treffen konntet.

... wie Ihr das Leben eines Mannes gerettet habt, der bereits seit fünfzig Jahren tot war.

... von Eurer größten Erfindung, dem Heißluftballon, und wie Ihr darauf kamt.

... wie Ihr Euren Sturz vom Mond zur Erde überleben konntet.

... wie es dazu kam, dass Ihr dem Bischof von Nürnberg zur Frau versprochen wurdet.

... von jenem denkwürdigen Mahl, bei dem Ihr unter höchst seltsamen Umständen das Lieblingspferd des norwegischen Königs verspeist habt.

... von Eurer Reise zum verlorenen Kontinent von Atlantis und warum er nur zehn Minuten später für immer versank.

... wie Ihr durch ein ausgiebiges Mahl von Haferkeksen die Stadt Tobruk dem Erdboden gleichgemacht habt.

... wie die Einwohner der Stadt Salisbury den König des Mondes tödlich beleidigt haben und wie Ihr den Monarchen trotzdem davon abhalten konntet, gegen die Erde in den Krieg zu ziehen.

... wie Ihr es schafftet, Euch unter den Bewohnern Lilliputs als Einheimischer zu bewegen.

... von dem Augenblick, als Euer Horn eine halbe Stunde lang spielte, obwohl niemand darauf blies.

... warum Ihr während der Belagerung von Gibraltar den vollautomatischen Webstuhl erfunden habt.

... über die Wette, die Ihr wegen Marie Antoinette mit der Königin der Feen und Elfen gemacht habt, und wie Ihr sie gewonnen habt.

... von Euren wundersamen Fähigkeiten als Krieger und wie diese die letztjährige Weinernte in der Champagne vor dem Vertrocknen bewahrt haben.

... wie Ihr mit Hilfe von Stephensons Lokomotive, der berühmten „Rocket", den Prinzen August von der Gicht geheilt habt.

... wie Ihr die Französische Revolution aufgrund einer Wette ausgelöst habt und wer diese Wette gewann.

... wie Ihr Euch den Zorn jedes einzelnen Freimaurers in Polen zugezogen habt.

... über die Ursprünge des Tanzes, den Ihr beim letzten Frühlingsbankett der russischen Kaiserin vorgeführt habt.

... über Euren Streit mit dem bekannten Magier Doktor Bamuse und wie Ihr letztendlich die Schweineohren loswurdet, die er Euch angehext hatte.

... warum Ihr während eines Gewitters grundsätzlich nur nackt reitet.

... wie Ihr die Truppen der Türkischen Armee vor Konstantinopel dazu brachtet, sich zu ergeben, und was ein Huhn damit zu tun hatte.

... warum Ihr jede Flasche Cognac des Jahrgangs 1787 auf der ganzen Welt getrunken habt und wie Ihr es geschafft habt, keine zu übersehen.

... warum man Euch in Frankreich auch den Sechsten Musketier nennt.

... wie Ihr in einem Schaf den seit langem verloren geglaubten zweiten Sohn des Herzogs von Kent wiedererkennen konntet.

... warum ein Portrait von Heinrich VIII Euch einmal vor einer Horde Löwen gerettet hat.

... über Euer Begräbnis damals in Amerika und warum Ihr trotzdem hier von uns sitzt.

... warum Ihr den Unterrock der schwedischen Kaiserin auf dem Marktplatz der Stadt Düsseldorf vorgezeigt habt.

... wie es sein kann, dass Ihr eine solche Ähnlichkeit zur Sphinx in der Wüste Ägyptens aufweist.

... wie Ihr eine Kanone benutzt habt, um die türkischen Linien bei der Belagerung Konstantinopels auszuspionieren.

... wie es sein kann, dass Euer Portrait seit mehr als 200 Jahren auf dem Wasserklosett im Palast von Versailles hängt.

... wie Ihr es überlebt habt, in Barcelona wegen Hexerei verbrannt zu werden.

... wie Ihr dem König Spaniens den Bart angesengt habt.

... warum Ihr den berüchtigten Straßenräuber Jacques Sauvage vor dem Beil des Henkers gerettet habt.

... wie es geschehen konnte, dass während der Nacht, die Ihr im vergangenen Jahr in Florenz verbracht habt, das Haupthaar jedes Bürgers über 20 plötzlich blau wurde.

... von Eurem Jagdausflug, der zum Niedergang der Ming-Dynastie in China führte.

...wie es Euch gelang, einen Elefanten mit einem Pfau zu kreuzen und was Euch auf diese Idee brachte.

... wie Ihr entdeckt habt, dass Löwenkot eine wirkungsvolle Hilfe gegen die Geißel des Rheumatismus darstellt.

... über die Tischmanieren der Sonnenbewohner und wie Euch diese halfen, eine genaue Karte von Australien zu zeichnen.

... wie Ihr einen Mondbewohner zu Eurem Diener machen konntet.

... wie ihr die Englische Royal Society davon überzeugen konntet, dass die Erde in Wahrheit nicht rund ist.

... über den Fehler, der Euch mit Eurer schmutzigen Wäsche passierte, und wieso er den französischen Königshof vor dem Ertrinken gerettet hat.

... wie Euch eine Flasche Schnaps in Russland davor bewahrte, vom türkischen Sultan geköpft zu werden.

... über den venezianischen Maskenball, bei dem Euch kein Mann, aber alle Frauen erkannten.

... wie Eure Wahl eines anderen Kummerbundes die Schlacht von Rhodos entschied.

... über Eure zentrale Rolle bei der Rettung von Bonny Prince Charlie.

... wie und warum Ihr Euch mit Euch selbst duelliert habt - bis zum Tode.

... über den unangenehmen Vorfall, als Ihr versehentlich den Papst geschwängert habt.

... wie Ihr den spanischen König mit einem Fischweib verwechselt habt und über Eure amüsante Konversation mit dem Henker am nächsten Morgen.

... über das Bankett in Preußen, bei dem alle Dienstboten wegen Hexerei hingerichtet wurden.

... wie Ihr die Küste Portugals gerettet habt, weil Ihr mit jemand anders verwechselt wurdet.

... warum Ihr Euch weigert, an einem Dienstag die Farbe Purpurrot zu tragen, Eier zu essen oder ein Pferd zu reiten.

... über den Vorfall in Paris, als Ihr für eine Woche in einen Affen verwandelt wurdet.

... über Eure Begegnung mit den beiden weiblichen Freibeutern Mary Bonny und Anne Read und wie Ihr überlebt habt.

... warum Euch jeder Schmied in London drei Guineen schuldet.

... wie ein Eintrag in den Notizbüchern Leonardo da Vincis Euch dabei half, einen Mordanschlag auf unseren geliebten Monarchen zu vereiteln.

... wie es dazu kam, dass Ihr auf dem Gipfel des Matterhorn ein Duell ausfechten musstet, und wie Ihr den daraus resultierenden Absturz überlebt habt.

... wie Ihr Mozarts Requiem geschrieben habt.

... wie Ihr den schiefen Turm von Pisa wieder aufgerichtet habt.

... über Euren Schiffbruch auf einer treibenden Käseinsel in der Südsee und wie Ihr von dort wieder entkommen seid.

... warum die königlichen Botaniker in den Gärten von Kiew Euren Schnurrbart als Pflanze klassifiziert haben.

... über die eigenartigen Resultate Eurer Nachtruhe in einem Kanonenrohr.

...warum jedes fünfte Kind in Brüssel nach Euch benannt wird.

... warum Ihr die Donau der Länge nach durchschwommen habt und wie dies geschah.

... wie es sein kann, dass Plato in seinem Buch *Die Republik* ein Gespräch mit Euch erwähnt, obwohl dieses Buch bereits vor zweitausend Jahren geschrieben wurde.

... von Eurer Zusammenarbeit mit der Englischen Royal Society bei dem Versuch, Sonnenlicht aus Gurken zu gewinnen.

... was geschah, als Ihr Euch den Eingeborenen der polynesischen Inseln selbst als Opfer für ihre Gottheiten angeboten habt.

... wie Ihr es geschafft habt, die Ewige Stadt Rom nach einem gewaltigen Erdbeben in nur einem Tag wieder aufzubauen.

... wie Ihr die Königin des Mondes verführt habt, obwohl sie einhundert Meter groß war.

... über die Angelegenheit mit dem Hund, der Französisch sprechen konnte, und über das traurige Schicksal seines Herren.

... wie Ihr König des Landes von Mokele-M'Bembe wurdet.

... wie Euch ein Zweig Weidenkätzchen einmal das Leben gerettet hat.

... warum Ihr gezwungen wart, eine Aufführung von *Hamlet* zu geben, bei der Ihr alle Rollen selbst übernehmen musstet... und wie es Euch gelang, die Duellszene am Ende zu spielen.

... wie Ihr den wirklichen Ruheplatz von Noahs Arche herausfinden konntet und was Ihr in ihrem Inneren gefunden habt.

... warum Ihr behauptet, der Ehemann Kleopatras zu sein.

... wie Ihr eine durchgehende Herde Elefanten daran gehindert habt, Edinburgh zu überrennen.

... von der außergewöhnlichsten Wette, die Ihr jemals angenommen habt.

... wie ihr das Leben des Königs der Katzen gerettet habt.

... was aus den Armen der Venus von Milo wurde.

... wie Ihr den Garten Eden finden konntet, und was Ihr dort gesehen habt.

... wie Ihr den Phönix gefangen habt, den Ihr später Königin Anne geschenkt habt.

... warum Ihr jedem Bettler, der Euch begegnet, erzählt, Ihr würdet seine Mutter kennen.

... warum das Volk der Pygmäen von Yolimba-Yp Euch als ihren Gott verehrt.

... was den Zusammenbruch der Londonbridge ausgelöst hat und wie Ihr diesen überlebt habt.

... von dem Duell, das Ihr gegen einen Schwarm Bienen bestreiten musstet.

... von dem Tunnel, den Ihr unter der Straße von Gibraltar hindurch gebaut habt, und was mit ihm passierte.

... von Eurer Reise in die Zukunft und den Wundern, derer Ihr dort ansichtig wurdet.

... wie Ihr aus der Großen Pyramide von Gizeh entkommen konntet, und was Ihr dort überhaupt wolltet.

... von Eurem Einmarsch in Italien mit einer Armee von dreihundert Tigern.

... wie ihr Moses' Trick mit der Teilung des Roten Meeres wiederholen konntet.

... wie Ihr das Eine Kreuz benutzt habt, um eine Brücke über den Hellespont zu errichten.

... wie es Euch gelang, während eines einzigen Abendessens sowohl den Nord- als auch den Südpol zu besuchen.

... wie Ihr den uralten Fluch aufgehoben habt, der auf dem schwedischen Königshaus lastete.

... wie es dazu kam, dass Ihr die Sprache der Giraffen erlernt habt.

... wie Ihr und Eure Gefährten die Schatzkammer des Sultans von Mahmut in nur einer Nacht vollständig leergeräumt habt.

... wie Euer Leben vom Ticken Eurer Taschenuhr gerettet wurde.

... wie Ihr dafür gesorgt habt, dass Prinzessin Maria von Holland in einem Schweinestall geheiratet hat.

... wie Ihr und drei Kaninchen die Belagerung von Gibraltar aufgehoben habt.

... wie es dazu kam, dass Euer Pferd an einem Kirchturm hing, und wie Ihr es befreit habt.

... wie es dazu kam, dass Ihr und nicht etwa Francis Bacon die Stücke von William Shakespeare geschrieben habt.

... wie Ihr den Schatz der versunkenen Spanischen Armada heben konntet, ohne auch nur ein Haar auf Eurem Kopf mit Wasser zu benetzen.

... warum, als Ihr vor den Hof des Königs der Niederlande getreten seid, alle Anwesenden überzeugt waren, dass Ihr ein Geist seid.

... von Eurer Reise nach Mekka und Eurer anschließenden Gefangennahme durch ungarische Feueranbeter.

... warum Euer Vater Euch nicht erkannte, als Ihr aus Indien heimgekehrt seid.

... wie Ihr die Juwelen der französischen Kaiserin direkt unter ihrer Nase gestohlen habt.

... von Eurer Begegnung mit den legendären Sirenen und wie Ihr auf ihre verführerischen Gesänge reagiert habt.

... wo Ihr auf das ungewöhnliche Geschenk gestoßen seid, das Ihr letztens der Herzogin der Normandie übergeben habt.

... von Eurer überaus erfolgreichen Jagd in Schottland, wo Ihr an einem Tag zwölf Fasane, drei Löwen, ein Kamel und eine Seeschlange erlegen konntet.

... wie Ihr eine deutsche Schankmagd zum Kaiser von Indien gemacht habt.

... von den großen Entdeckungen, die Ihr kürzlich über die besonderen Eigenschaften von Tee gemacht habt.

... wie Ihr als erster Mensch den Mont Blanc bestiegen habt.

... wie Ihr als erster Mensch vom Mont Blanc herabgestiegen seid, bevor irgendein Mensch ihn überhaupt bestiegen hatte, und wie ihr diesen Abstieg bewerkstelligen konntet.

... wie Ihr die Weißen Klippen von Dover davor bewahrt habt, sich blau zu verfärben.

... wie es Euch während Eurer berühmten Durchquerung der Wüste Sahara gelungen ist, in der Nacht Euer Kamel zu verspeisen und es trotzdem am nächsten Tag wieder zu reiten.

... wie Ihr den Schoßhund der spanischen Königin wiederbelebt habt und welche Ehre sie Euch zum Dank erwiesen hat.

... wie Ihr die gesamte Französische Flotte in einem leckenden Ruderboot überwinden konntet.

... wie Ihr herausgefunden habt, dass alle Mönche der Abtei von Westminster in Wahrheit Teufelsanbeter sind, und was Ihr daraufhin unternommen habt.

... warum alle Mitglieder der preußischen Armee Euch grüßen und General Bock nennen.

... warum Ihr niemals Euren Hut in Gegenwart eines Griechen abnehmt.

... wie Ihr die leeren Schatzkammern Liechtensteins an einem einzigen Tag wieder aufgefüllt habt.

... von Eurer Entdeckung, dass die Franzosen einen Tunnel unter dem Ärmelkanal hindurch graben, und von der bemerkenswerten Maßnahme, die Ihr daraufhin ergriffen habt.

... warum die Hälfte aller Fische, die in den Hafen von Antwerpen gebracht werden, Euch gehören.

... wie der größte Diamant der Welt in die Auster gelangte, die Ihr der Kaiserin von Russland geschenkt habt.

... wie Ihr dafür gesorgt habt, dass der Papst entkleidet und durch die Straßen Wiens getrieben wurde.

... warum Ihr einem Mann in Dublin Eure Gallenblase schuldet.

... wie Euer Mittagsmahl mit dem Herzog von Strathcarn die Industrielle Revolution startete.

... von Eurer Begegnung mit dem Grossen Weißen Wal.

... warum Ihr Euer Pferd montags, mittwochs und freitags Apollo nennt und Bucephalus an jedem anderen Tag.

... was Ihr getan habt, dass das Jahr 1752 die Tage zwischen dem dritten und vierzehnten September verlieren ließ.

... von Eurer ungewöhnlichen Spionagemethode während der letzten Invasion Polens.

... wie Ihr den Planeten Neptun für die russische Krone in Besitz nehmen konntet.

... wie Ihr das Schwert des Königs von England aus fünfzig Faden Tiefe von seiner gesunkenen Fregatte, der „Royal George", gerettet habt.

... wie Ihr eine Geschichte Islands in zehn Bänden an nur einem Tag geschrieben habt, obwohl Ihr niemals dort wart.

... wer Euch dazu zwang, den größten Baum im Schwarzwald mit einem Hering zu fällen.

... von der Wette, die Ihr mit dem Grafen von Monte Hall geschlossen habt, dass Ihr einem Hasen auf einer Strecke von fünfzig Metern davonlaufen könntet, und wie Ihr diese Wette gewonnen habt.

... von den seltsamen Umständen, unter denen Ihr dem Teufel getroffen habt, und wie Ihr ihn mit leeren Händen wieder zur Hölle zurückgeschickt habt.

... von dem Säugling, den Ihr zwischen Freiburg und Frankfurt in Euren Satteltaschen gefunden habt, und von dem Anhänger um seinen Hals.

... wie Ihr Eris, die griechische Göttin der Zwietracht, entdeckt habt und was Ihr mit ihr getan habt, als Ihr sie gefunden habt.

... wie Ihr Euch im alten Labyrinth des Minos zurechtgefunden habt und was Ihr in seiner Mitte gefunden habt.

... wie Ihr, ganz allein in einem Wald, einen Bären aufgeblasen habt.

... warum Ihr in der Zelle neben dem Mann mit der eisernen Maske eingekerkert wart, was zwischen Euch geschah und wie Ihr von dort entkommen seid.

... wie Ihr das Nationalgericht Italiens erfunden habt.

... ob Ihr wirklich, wie berichtet wird, die Quellen des Amazonas gefunden habt.

... von Eurem Schiffbruch und Aufenthalt auf einer kleinen Insel in der Nordsee, auf der nur Menschenfresser leben.

... wie Ihr erkannt habt, dass einer Eurer Diener der Kaiser von Preußen ist, und was Ihr daraufhin getan habt.

... wie ihr den Türken auf einem halben Pferd entkommen seid.

... wie Ihr verschentlich den norwegischen König hingerichtet habt.

... von der Katze, die die Ehre Eurer Familie beleidigt hat, und wie Ihr deren Ehre wieder hergestellt habt.

... wie Ihr ohne Boot über das Mittelmeer gesegelt seid.

... wie Ihr Leeds Castle nach Kent versetzen konntet.

... von Eurer Begegnung mit dem berühmten Fliegenden Holländer und wie Ihr seine Ladung in den nächsten Hafen gebracht habt.

... wie Ihr die Schwerter der Französischen Armee zu Pflugscharen gemacht habt, ohne dass die Soldaten, die sie trugen, dies bemerkten.

... von den drei Nächten, die Ihr im Schloss des Fürsten von Transsylvanien verbracht habt.

... wie Ihr dem Geist Anne Boleyns den Ewigen Frieden geschenkt habt.

... wie Ihr den Schwarzen Tod an einem Tag aus Hamburg verbannt habt.

... warum Ihr Euch weigert, in einem Gasthaus einzukehren, das Kirschbrandy oder geröstete Schnepfe serviert.

... warum Euer Schnurrbart niemals getrimmt werden muss.

... von Eurer Begegnung mit Casanova in Kairo, und was er dort tat.

... wie Ihr nur mit dem Inhalt Eurer Satteltaschen und der Hilfe Eurer Gefährten den Ausbruch des Vesuv verhindern konntet.

... warum die Affen auf den Felsen von Gibraltar Euch als Ihren Anführer betrachten.

... wie Ihr auf dem Petersplatz in Rom nach Gold schürfen konntet.

... wie Euch die Entdeckung der Nase der Sphinx vor einem unangenehmen Schicksal bewahrt hat.

... wie Ihr die Rasse der Houhynyms aus der Sklaverei ihrer grausamen Meister befreit habt.

... warum Ihr die Schlacht von Marathon in allen Einzelheiten vor den Toren von Boulogne nachgespielt habt.

... von Euren Schmuggelfahrten zur Sonne und wie es dazu kam, dass Ihr auf ewig von diesem Ort verbannt wurdet.

... wie Ihr Eure beiden Beine während der Schlacht von Utrecht verloren habt und wie Ihr sie danach wiedergefunden habt.

... wie Euer Techtelmechtel mit der Herzogin von Orly dazu führte, dass Ihr Euch mit ihrer Großmutter duellieren musstet.

... wie es sein kann, dass Ihr Euch als größten Fechter von ganz Europa bezeichnet, der Baron von Basel aber wahrheitsgemäß behaupten kann, der größte Fechter Belgiens zu sein.

... wie Ihr die Tomate erfunden habt.

... wie Ihr die schwedischen Kronjuwelen gefunden habt, obwohl sie im Innern einer Kuh versteckt waren.

... wie Ihr unter Wasser von Italien bis Griechenland reisen konntet, ohne nur einmal aufzutauchen.

... wie Ihr die Franzosen dazu bringen konntet, über dem Palast von Versailles den Union Jack zu hissen.

... wie Ihr den wilden Eber von Gloucester zähmen konntet.

... wie Ihr jeden italienischen Spion in Deutschland entdecken konntet, indem Ihr eine Schale Haferflocken benutzt habt.

... wie Eure Verabredung mit einer Witwe in Köln das Ende der Belagerung von Sankt Petersburg einläutete.

... wie Ihr drei komplette katalanische Hexen-Zirkel in einer einzigen Nacht zum protestantischen Glauben bekehrt habt.

... von Eurem Aufenthalt im Hades, von wo bekanntlich kein Sterblicher je zurückkehrt, und wie es dann sein kann, dass Ihr heute hier unter uns sitzt.

... wie ein Schwarm Schwäne Euch dabei half, den entführten Prinzen von Persien zu befreien.

... wie Ihr das letzte Einhorn fangen konntet und warum Ihr ihm schliesslich wieder die Freiheit geschenkt habt.

... wie Ihr als einziger die Grosse Seuche von Edinburgh überlebt habt.

... wie Eure berühmte Liebesaffäre mit der Tochter des Freiherrn von Cardogan von einer Motte unterbrochen wurde.

... warum Ihr trotz vieler Liebschaften niemals geheiratet habt.

... wie es dazu kam, dass Ihr ein Schiff der Schweizer Marine befehligt habt, obwohl Ihr selbst Deutscher seid und die Schweiz nie eine Marine gehabt hat.

... wie Ihr bewiesen habt, dass das Monster von Loch Ness nicht existiert.

... warum man Euch verboten hat, auf den Straßen von Neapel gelbe Kleidung zu tragen.

... von der großen Kleinigkeit von Antwerpen.

... von der Überflutung Wiens.

... vom größten Schwein der Welt.

... aufgrund welcher Beweise Ihr zu der Überzeugung gekommen seid, dass Menschen und Affen Cousins sind.

... von den fünf Freudenfeuern von Rom, und was sie ausgelöst hat.

... warum die Donau zum Osterfest vor wenigen Jahren ein Fluss von reinem Blut war.

... warum sich vor einigen Jahren die Themse grün gefärbt hat.

... warum sich der Liffey am letzten Saint Patrick's Day schwarz gefärbt hat.

... wie die Lagune von Venedig zu einer Wüste wurde und was Ihr unternommen habt, um diese unpassende Situation wieder in Ordnung zu bringen.

... wie Ihr in Sankt Petersburg in einem Schlitten angekommen seid, gezogen von einem riesigen wilden Wolf.

... wie Ihr, bei einer anderen Gelegenheit, einen Wolf von innen nach außen gedreht habt.

... wie Ihr den Abstieg in den Vulkan Vesuv überleben konntet.

... was Euch dazu gebracht hat, dieses Spiel zu schreiben.

# Der zweite Anhang

## Die Regeln in Kürze –
### Eine Zusammenfassung für diejenigen,
### die bislang nicht aufgepasst haben

Wir schreiben das achtzehnte Jahrhundert. Eine Gruppe von Edelleuten sitzt bei der einen oder anderen guten Flasche Wein beisammen und vertreibt sich den lieben Abend lang die Zeit damit, Geschichten von ihren Reisen und aufregenden Abenteuern zu erzählen. Dabei achten sie nur wenig auf historischen Einzelheiten, wissenschaftliche Fakten und die Grenzen der Glaubwürdigkeit.

Jeder Spieler beginnt das Spiel mit einer Anzahl von Münzen, die der Anzahl der Mitspieler entsprechen. Dies ist seine „Börse".

Die Person, die zuletzt die Gläser der Gesellschaft gefüllt hat, wendet sich an den Edelmann zu ihrer Rechten und bittet sie darum, eine ganz bestimmte Geschichte zu erzählen, indem sie beispielsweise sagt: *„Nun denn, Freiherr, erzählt uns doch die Geschichte, wie Ihr..."*

Der angesprochene Spieler antwortet entweder mit *„Ja...", „Wohlan..."* oder einer vergleichbaren Aussage, was bedeutet, dass er die Geschichte erzählen wird, oder er sagt *„Nein, meine Kehle ist zu trocken für eine so aufregende Geschichte!"*, was ihm gestattet, keine Geschichte zum Besten geben zu müssen, ihn aber auch verpflichtet, für alle Anwesenden neue Getränke zu besorgen. Somit wird er zur letzten Person, die die Gläser der Gesellschaft gefüllt hat, und er darf seinem Nachbarn zur Rechten das Thema für eine neue Geschichte vorgeben.

Beim Erzählen versucht jeder Spieler, seinen Vorgänger zu übertrumpfen, mit einer Geschichte, die größer und wilder sein muss als die vorhergehende, die ihrem Erzähler also mehr Ruhm und Ehre bringt. Die Erzählungen sollten in der Ich-Form erzählt werden, und sie sollten nicht zu lang sein – fünf Minuten dürften normalerweise eine gute Grenze für die Aufmerksamkeit der Zuhörer darstellen.

Die anderen Spieler dürfen den Erzähler mit Einwürfen unterbrechen oder ihn dazu auffordern, seiner Geschichte bestimmte Ausschmükkungen hinzuzufügen. Dies geschieht, indem man eine Münze vorschiebt – als Einsatz – und nach dem zweifelnden Einstieg *„Aber, Freiherr..."* seinen Einwurf vorbringt (oder, in der Erwachsenen-Variante, zuerst sein Glas austrinkt, im Anschluss daran die Münze vorschiebt und dann erst *„Aber, Freiherr..."* sagt). Solche Unterbrechungen sollten amüsante Hindernisse für die Geschichte des Erzählers sein, keine kleinkarierten Erbsenzählereien. Ein Spieler ohne Münzen kann keinen Einwurf machen.

Der Erzähler kann dann entweder die Unterbrechung (und den Einsatz) akzeptieren und den Widerspruch aufklären bzw. die neue Idee in seine Geschichte einbauen, oder er kann ablehnen.

Wenn er letzteres tut, darf er dem Einsatz eine seiner eigenen Münzen hinzufügen und die Unterbrechung einfach ignorieren. Er darf sich auch über den Frager lustig machen, weil er so etwas dummes überhaupt glaubt und an den Worten eines Freiherren zweifelt. Der unterbrechende Spieler darf die Ablehnung kontern, indem er eine weitere Münze und eine weitere Beleidigung hinzufügt usw. Der Spieler, der als erster zugibt, einen Fehler gemacht zu haben, gewinnt den kompletten Einsatz; sollte dies der Erzähler sein, so muss er den Einwurf in seine Geschichte einbauen, wie oben geschildert.

Der einzige Einwurf, der nicht gestattet ist, ist *„Aber, Baron, wurdet Ihr nicht getötet?"* oder irgendwelche anderen Äußerungen, die den Gedanken nahe legen, der Erzähler könne gestorben sein, denn die Antwort darauf muss natürlich *„Nein."* sein.

Direkte Beleidigungen der Wahrheitsliebe oder Herkunft oder Behauptungen noblen Ranges dürfen mit der Herausforderung zu einem Duell beantwortet werden, das dann in drei Runden „Stein-Schere-Papier" ausgefochten wird. Der Gewinner erhält die komplette Börse des Verlierers; der unterlegene Spieler scheidet somit aus dem Spiel aus.

Eine Geschichte kann auf zwei verschiedene Weisen enden.

Entweder beendet der Erzähler sie selbst, wobei er schwört, die wirklichen Ereignisse wahrheitsgemäß wiedergegeben zu haben, und jedem Ungläubigen ein Duell anbietet, wenn dieser etwas anderes behaupten sollte.

Es kann aber auch sein, dass ein anderer Spieler einen Trinkspruch auf die Gesundheit des Erzählers und seine Geschichte ausbringt; danach fordert der Erzähler den Spieler zu seiner Rechten auf, eine neue Erzählung zu beginnen, wie oben beschrieben.

Im Notfall gibt es auch noch andere Arten, eine Geschichte zu beenden; diese werden im Haupttext beschrieben.

Nachdem alle Spieler eine Geschichte zum Besten gegeben haben, wird der Spieler, der den Anfang gemacht hat, ankündigen, dass er sich zurückzieht, um nach seinen Pferden zu sehen oder etwas ähnliches. *„Aber auf mein Wort"*, wird er dann sagen, *„ich muss sagen, dass die Geschichte über..., meisterlich erzählt von..., mit Sicherheit die außergewöhnlichste Erzählung ist, die ich je gehört habe."* Und dann wird er seine komplette Börse diesem Spieler zuschieben (dieser wird sie jedoch nicht zu seiner Börse hinzufügen, sondern auf einen Extra-Stapel als Prämie ablegen). Jeder Spieler wird danach reihum seine Börse einem Spieler zuschieben, und der Spieler, der die meisten Münzen als Prämie erhalten hat, wird anschließend zum Sieger erklärt werden und muss seinen Gefährten eine letzte Runde spendieren.

Außerdem, sollte irgendwann eine neue Runde gespielt werden, so steht ihm das Recht zu, die erste Geschichte des Abends einzufordern.

# Der dritte Anhang

## Hieronymus Karl Friedrich Freiherr von Münchhausen

### Eine Verneigung vor dem größten Geschichtenerzähler, den es je gegeben hat – in der Realität wie in der Phantasie

## Das Geschlecht derer von Münchhausen

Die von Münchhausens - deren Geschichte in Chroniken und lokalen Geschichtsbüchern ausgiebig dokumentiert wurde - sind eine alteingesessene Adelsfamilie aus Niedersachsen, genauer gesagt aus der Gegend um Hannover und Schaumburg, und sie haben eine Reihe bekannter Persönlichkeiten hervorgebracht.

Bis zum Jahr 1900 sind allein 1.300 Träger des ehrwürdigen Namens bekannt, darunter acht Staatsminister (von denen einer - Gerlach Adolf - die Universität Göttingen mit begründete), mehrere Dichter und Kriegsherren sowie einige Baumeister in den Zeiten der Renaissance. Selbst eine Reihe geistlicher Würdenträger finden sich in der Familie.

Die von Münchhausens waren ursprünglich lediglich Gutsbesitzer, weiteten jedoch später ihren Einfluss über das Schaumburger Land hinaus bis nach Hessen und Thüringen aus.

Der frühere Gutshof der Familie ist übrigens weitgehend bis heute erhalten geblieben, und das ehemalige Herrenhaus dient heute als Rathaus der Stadt Bodenwerder. In den ehemaligen Gutsgebäuden befinden sich außerdem das Münchhausen-Museum sowie das Stadtmuseum.

Bodenwerder bezeichnet sich selbst als Münchhausen-Stadt und bietet eine ganze Reihe von Veranstaltungen und Führungen an, die sich jedoch weniger mit der gesamten Familie als mit deren sicherlich bekanntesten Spross beschäftigen.

## Der wahre Münchhausen

Der Mann, der später als „Lügenbaron" diffamiert wurde, wurde am 11. Mai 1720 unter dem Namen Hieronymus Carolus Fridericus auf dem väterlichen Gut in Bodenwerder geboren.

Da es damals zum guten Ton gehörte, die Söhne aus adeligem Haus auf eine spätere Karriere als Offizier vorzubereiten, wurde der junge Münchhausen, wie auch seine drei Brüder, mit 10 Jahren an den braunschweigischen Hof geschickt, wo er dem Prinzen Anton Ulrich als Page dienen sollte.

1738 wurde er, wiederum als Page, nach St. Petersburg an den russischen Zarenhof geschickt. Er fügte sich dort gut ein und wurde bereits Ende des folgenden Jahres in das Leibkürassier-Regiment in Riga berufen. Die Stadt galt zu jener Zeit als herausragende kulturelle Metropole im Osten Europas. In Diensten der russischen Zarin kämpfte der Freiherr unter anderem in zwei Kriegen gegen das Osmanische Reich, ein Umstand, der neben seinen Jagd- und Reiseerlebnissen immer wieder in seine Geschichten Eingang findet.

Nach sechs Jahren in Russland heiratete Münchhausen Jacobina von Dunten, eine Frau aus altem livländischen Adel. Die Ehe blieb zwar kinderlos, wird jedoch in allen Quellen als sehr glücklich beschrieben.

1750 schließlich verließ Münchhausen, inzwischen zum Rittmeister befördert, Riga wieder, um sein Erbe als Gutsherr im heimischen Niedersachsen anzutreten.

In den nächsten Jahren, in denen der Offizier im Ruhestand sich eigentlich nur noch der Jagd und der Verwaltung seiner Ländereien widmen wollte, erwarb er sich sowohl bei seinen Adelskollegen rund um Hannover als auch bei den heimischen Literaten den Ruf, ein gewitzter und humorvoller Unterhalter zu sein, der bei jeder passenden Gelegenheit auch gern seine wirklichen und angeblichen Abenteuer aus dem fernen Russland zum Besten gab. Er entwickelte dabei insbesondere die Eigenart, Aufschneider, die mit ihren eigenen übertriebenen Erlebnissen prahlten, immer wieder aufs Neue mit so haarsträubenden Anekdoten zu übertrumpfen, dass seine phantasievolle Fabulierkunst schließlich im weiten Umfeld Hannovers einen hervorragenden Ruf genoss. Im Jahr 1763 errichtete er sogar eigens einen Gartenpavillon, in dem er häufig Jagdgesellschaften empfing, um sie mit seinen Geschichten zu unterhalten.

Dies änderte sich erst in späteren Jahren, als dreiste Kopisten seine Geschichten in Buchform herausbrachten und sie einem niedersächsischen „Lügenbaron" zuschrieben. Verbittert über den geringschätzigen Titel, den man ihm verliehen hatte, ohne dass er sich dessen erwehren konnte, zog sich der Freiherr von Münchhausen verbittert auf sein Landgut zurück; es wird berichtet, dass er nach dem Erscheinen der ersten deutschen Ausgabe seiner angeblichen Erlebnisse nie wieder aus freien Stücken seine Abenteuer vortrug.

Ein weiterer Schicksalsschlag traf den alternden Freiherren, als 1790 seine Gattin Jacobina nach 46 gemeinsamen Ehejahren verstarb. Nach vier Jahren heiratete der inzwischen 74-jährige Freiherr zwar noch einmal, und zwar die siebzehnjährige Bernhardine von Brunn aus dem Nachbarort Polle, doch die von Skandalen überschattete Ehe verlief nicht glücklich, und obwohl sich die Eheleute nach kurzer Zeit wieder trennten, trieb die Beziehung den Gutsherren fast in den persönlichen wie finanziellen Ruin.

Am 22. Februar 1797 starb Hieronymus Karl Friedrich Freiherr von Münchhausen auf seinem Landsitz; er wurde in der Klosterkirche Bodenwerder-Kemnade beigesetzt.

Doch durch seine Geschichten und leider auch durch den unrühmlichen Beinamen eines „Lügenbarons" ist der Name seines Geschlechts wie auch sein eigener bis heute in aller Munde geblieben.

# Die Geschichten Münchhausens

Bizarrerweise stammen die wenigsten der heute verbreiteten Münchhausiaden aus der Feder bzw. aus dem Mund des Freiherren selbst.

Lediglich in den Jahren 1781 bis 1783 erschien eine Reihe außergewöhnlicher Geschichten in der Zeitschrift *Vademecum für lustige Leute*, die zwar anonym abgedruckt wurden, jedoch allgemein dem Freiherren zugeschrieben werden (wenn auch einige ganz offensichtlich auf ältere Quellen zurückgehen).

Den eigentlichen Mythos des „Lügenbarons" erschuf jedoch ein anderer, der häufig als Gast bei den Jagdtreffen des Freiherren von Münchhausen weilte. Rudolf Erich Raspe, ein verarmter Gelehrter und Bibliothekar aus Kassel, musste aus Deutschland fliehen, weil ihm dort ein Diebstahl zur Last gelegt wurde. Er kam auf seiner Flucht auch nach London, wo er die ursprünglichen Geschichten Münchhausens als Grundlage eines Buches benutzte, sie mit eigenen Ideen erweiterte und ins Englische übersetzte. Das daraus entstandene Buch erschien 1785 in England ohne Nennung eines Autors oder Urhebers der Geschichten und wurde ein großer Erfolg auf den britischen Inseln.

1786 übersetzte dann ein erfolgloser Poet namens Gottfried August Bürger das englische Original, um sich vor dem finanziellen Ruin zu bewahren. Er fügte bei dieser Übersetzung jedoch acht eigene Geschichten hinzu. Auch die erste deutsche Ausgabe des Buches erschien anonym, jedoch mit eindeutigen Hinweisen auf die Identität des angeblichen „Lügenbarons", wie Bürger den Helden seiner Geschichten nannte. Der so diffamierte Freiherr von Münchhausen zeigte sich wütend und betroffen über diesen ungeheuerlichen Affront gegen seine Person; da jedoch kein Name genannt wurde, blieben seine Beschwerden nutzlos. Das Buch wurde weiterhin verkauft, und der verbitterte Freiherr zog sich auf sein Landgut zurück.

1788 fügte Bürger dem ursprünglichen Werk für die Veröffentlichung einer zweiten Auflage weitere fünf Geschichten hinzu, und diese Neuauflage übertraf von den Verkaufszahlen her alle Erwartungen.

1793 folgte dann eine weitere, wiederum abgewandelte Ausgabe in England, die bis heute im englischen Sprachraum als eine Art „offizielle" Ausgabe gilt.

Ihre endgültige Form in deutscher Sprache (als Roman in vier Bänden) erhielten die Geschichten hingegen erst in den Jahren 1838-1839, als sich Karl Leberecht Immermann des Stoffes annahm, ihn überarbeitete und wiederum in einigen Teilen erweiterte. Das Ergebnis hieß *Münchhausen – Eine Geschichte in Arabesken*.

Doch nach all diesen Änderungen hatten die als Münchhausens Abenteuer bekannten Werke kaum noch etwas mit dem historischen Freiherrn und seinen Erzählungen zu tun.

Trotzdem, die Geschichten um den Baron Münchhausen wurden in insgesamt 22 Sprachen übersetzt und dabei immer wieder aufs Neue verändert, erweitert und plagiiert (wohl nicht zuletzt auch in diesem Werk). Sie fanden ihren Weg in Stiche, Gesellschaftsspiele und Musikstücke. Theaterstücke, Hörspiele und Filme entstanden auf ihrer Basis.

Den Versuch, diese unglaublich vielen Inkarnationen der Münchhausiaden zu erfassen und zu ordnen, unternimmt die Wissenschaft der sogenannten „Münchhausologie"; Bernhard Wiebel, einer der Urheber dieser Wissenschaft, unterhält die weltweit wohl umfangreichste Sammlung von Münchhausen-Devotionalien, die alleine etwa 2.000 literarische und künstlerische Werke zu diesem Thema enthält.


- E N D E -

58